붉은
노을
맥주

모리사와 아키오의
초절정 대충대충 아웃도어 어드벤처

붉은 노을 맥주

모리사와 아키오 지음

이수미 옮김

샘터

YUUZORA BEER

© AKIO MORISAWA 2014

Originally published in Japan in 2014 by Futabasha Publishers Ltd., TOKYO,
Korean translation rights arranged with Futabasha Publishers Ltd., TOKYO,
through TOHAN CORPORATION, TOKYO, and YU RI JANG AGENCY, SEOUL.

차례

최고의 인생은 '말'을 타고 '사슴'을 찾는 여행이다.

－히스이 고타로

제 1 장

아슬아슬했던 나날

우리의
셰어하우스

일본 각지에서 들놀이 & 물놀이를 하던 시절, 내게는 '비밀의~' 라 할 수 있는 장소가 몇 군데 있었다.

비밀의 골짜기, 비밀의 연못, 비밀의 폭포, 비밀의 와사비 채취 포인트 등등…….

요컨대 자연 놀이를 위한 최적의 장소, 게다가 나 말고 다른 사람은 아무도 모르는 곳이 몇 군데 있었다는 뜻이다.

예를 들어 '비밀의 골짜기'에서는 단 한 번도 사람을 만난 적이 없어서 종종 팬티까지 다 벗어 던지고 강놀이를 했다.

머리 꼭대기부터 발끝까지 실오라기 하나 걸치지 않은 '자연의 모습'으로 여름 햇빛을 받으며 강바람에 음모를 휘날리면 해방감에 겨워 기분이 묘하게 업되곤 한다(저는 노출광이 아닙니다. 혹시나 오해할까 봐).

그러면 왠지 원시인이라도 된 듯 아무 의미 없이 "우홋, 우홋" 하고 소리 지르고 싶어진다. 사실은 몇 번 소리 낸 적도 있다. 혼자 허무해져서 곧 그만두긴 했지만.

아무튼 이렇게까지 흥분되면 겉보기로는 변태……가 아니라 원시인인데, 자꾸만 아이스박스에서 캔맥주를 꺼내게 된다. 강변에 우뚝 버티고 서서 허리에 손을 올리고 꿀꺽꿀꺽~ 마시면 활기가 샘솟아, 알몸에 오리발만 신고 "우호호~옷!" 하면서 강에 뛰어들곤 한다. 4~5센티 크기의 투명한 줄새우를 잔뜩 잡아서 바싹 볶아 소금을 치면 맥주 안주로 그만이다.

배가 맥주랑 새우로 채워진 채 행복이 가득한 모습으로 강변에 드러누워 자는데, 문득 등 뒤의 덤불에서 버스럭버스럭 소리가…….

맙소사, 누가 온 거야?

급히 정신을 차리고 허둥지둥 수영 팬티를 입는다. 그런 소리는 대체로 새들의 소행인데 가끔 사슴이나 원숭이일 때도 있다.

내가 이렇듯 기분이 최고조에 이르는 원시인 상태로 있을 수 있는 시간은 평균 30분 정도일까? 아무리 짧아도 울트라맨의 변신 시간과 비교하면 대충 10배는 된다. 하루에 몇 번이나 변신할 수 있고 마시면 마실수록 변신하기 쉽다는 점까지 고려하면, 울트라맨은 내 발밑에도 미치지 못한다. 괴수와 싸워서 지구를 지키는

'자기희생'과 나체로 술을 마시는 '자기만족'의 차이를 고민하기 시작하면 정상적인 어른으로서는 조금 슬퍼지므로 그런 생각은 굳이 하지 않는다.

아무리 그래도.

알몸에 오리발.

내가 봐도 퍽이나 초현실적인 모습이다.

만일 이때 누가 딱 나타난다면……? 이런 상상을 하면 유쾌해진다. 분명 그 사람은 눈앞의 진풍경에 화들짝 놀라고 이루 말할 수 없는 공포를 느낄 것이다. 어쩌면 강변의 이끼에 미끄러져 엉덩방아를 찧을지도 모른다. 너무 놀라게 하면 불쌍하니, 오리발을 신고 파닥파닥 달려가 급히 덤불 속으로 뛰어들어 '전설의 갓파(물속에 산다는 어린애 모양을 한 상상의 동물 - 옮긴이)'가 되는 쪽이 나을 것 같다. 도망치는 그 뒷모습이 카메라에 잡혀 흐릿한 흑백사진으로 나온다면 더 재미있겠다. 그 사진이 잡지《MU》(일본의 오컬트 잡지 - 옮긴이)에 게재되기라도 한다면 평생 자랑하고 다닐 만한 경험이 되리라. 알몸에 오리발이라는 말도 안 되는 모습으로 강에서 노는 어른이라니, 사실은 갓파보다 더 무섭고 희귀한 생물인지도 모른다.

아, 안 돼, 안 돼.

바보스러운 망상이 멈출 생각을 않는다.

화제를 돌려야지…….

으음, 아무튼 그런 '나만의 놀이터'가 있어서 여러 의미로 유쾌하고 행복한데, 그런 '비밀의~' 시리즈 중 하나로 '비밀의 동굴'이 있다.

우선 그 동굴에서 일어난 초현실적인 사건을 소개하려 한다.

내가 그 동굴을 발견한 건 대학생 때였다.

비밀의 포인트니 장소를 자세히 쓰지는 않겠지만, 아무튼 바다 근처 숲의 덤불을 헤치면서 완만한 경사면을 영차영차 올라가던 도중 갑자기 눈앞에 그 구멍이 딱 나타났다.

어쩌면 방공호일지도 모른다는 생각에 조심조심 동굴 속으로 들어갔다.

동굴 높이는 어른 남자가 몸을 조금 구부리면 걸을 수 있을 정도였고, 길이는 십 몇 미터쯤 되는 것 같았다. 똑바로 들어가서 구멍 끝에 다다른 순간, 나는 눈이 부셔서 얼굴을 찡그리면서도 마음속으로는 쾌재를 불렀다.

우와앗!

바다다앗!

컴컴한 동굴 너머에 놀랍게도 사람 그림자 하나 없는 바다가 펼쳐져 있었다.

이 순간부터 눈앞에 있는 푸른 풍경 전체가 모조리 내 것이다.

흥분되지 않을 수 없다.

알몸에 오리발로 있을 때가 아니다.

일단 헤드램프를 켜고 어두운 동굴 속을 다시금 탐험해보았다. 한가운데의 똑바른 통로 좌우로 네 개의 '방'이 있었다. 게다가 그 넷 중 두 개는 사람이 잘 수 있을 정도의 공간이 확보될 듯했다.

이 동굴을 텐트 대신으로 사용하면 언제든 비바람을 피할 수 있고 호화로운 프라이빗 비치에서 헤엄도 치고 낚시도 할 수 있지 않겠는가?

오호호홍~.

이 대발견에는 웃음이 멈추지 않았다.

나는 역시 운이 좋아, 최고닷!

이곳을 발견한 건 정말로 우연이었다. 어쩌다 숲 속에 짐승이 다닐 만한 길이 보여서 신경이 쓰이던 차에, 한번 큰맘 먹고 울창한 덤불을 헤치고 들어갔다가 이 구멍을 찾은 것이다. 호기심이 이끄는 대로 무작정 행동해버리는 내 성격을 이번만큼은 실컷 칭찬해주고 싶은 기분이었다.

동굴 안에 있다는 방에 대해 말하자면, 바다를 향해 오른쪽에 있는 방은 내가 대자로 뻗어 잘 수 있을 정도로 넓고, 바닥도 평평하고, 무척 쾌적해 보인다. 나는 그 방을 '스위트'라 부르기로 했다.

바다를 향해 왼쪽에 있는 방은 스위트보다는 약간 좁은 데다 바닥도 울퉁불퉁했다. 하지만 벽 아랫부분에 단팥빵을 가까스로 통과시킬 만한 크기의 작은 '창'(이랄까, 구멍)이 있고, 그 창에서 시원한 바닷바람과 파도 소리가 들어온다. 낮에는 햇빛이 살짝 들어와 발밑을 부드럽게 비추는 '풋 라이트' 역할도 해준다. 나는 그 방을 '세미스위트'라 부르기로 했다.

• - ✳ - • - ✳ - • - ✳ - •

다음 휴일부터 나의 동굴 나들이가 시작된다.

캠핑 도구를 잔뜩 짊어지고 동굴로 들어가 짐을 세미스위트에 두고 '나의 푸른 바다'로 뛰어들었다.

물속의 시야는 대단히 맑았다.

직선으로 내리꽂는 여름 햇빛이 바다 밑바닥에 반사되어 하얗게 반짝반짝 흔들렸다.

스노클링을 하는 내 주변으로 맛있는 물고기가 몰려드니, 아예 헤엄치면서 물고기를 잡아도 좋을 것 같았다.

일단 세미스위트로 돌아와서 980엔에 구입한 짧은 낚싯대에 릴을 세팅한 후 손에 들고 다시 헤엄치기 시작했다. 미끼로는 그 주변 바위에 얼마든지 붙어 있는 총알고둥이나 개울타리고둥을 모아 껍질을 벗겨 이용했다.

평온한 수면에 뜬 채 사냥감의 코앞에 미끼를 스르르 드리우고,

살짝 유인하여 덥석! 너무나 쉽게 걸려든다. 눈으로 직접 보면서 낚으니 '챔질'의 타이밍도 완벽하다. 물고기가 보내는 신호가 낚싯대 손잡이로 전달되면 수중마스크 안에서 히쭉거리며 릴을 감는다.

순식간에 양볼락, 용치놀래기(놀래기의 일종), 쏨뱅이, 쥐치가 잡혔으니, 냉큼 종료.

바위 위에 모닥불을 피운 다음, 스테인리스 칼로 물고기를 손질했다.

쥐치는 여름인데도 간이 큼직하게 들어 있었다. 살은 회 쳐서 먹고 간은 무쳐서 먹었다. 그 외의 물고기들은 물에 떠내려온 나무로 만든 꼬챙이에 끼워서 소금을 뿌려 구웠다.

아이스박스에서 시원한 캔맥주를 꺼내어

푸슉!

뚜껑을 따고 목을 꿀꺽 울리면, 그 순간부터 이 세상은 나를 중심으로 돌아가기 시작한다.

신선한 물고기를 먹고, 맥주를 벌컥벌컥 마시고, 그래도 아직 배가 고프다면 해녀에게 직접 전수받은 '감태밥'을 추천한다.

만드는 법은 지극히 간단하다. 우선 쌀을 깨끗한 '해수'로 씻은 다음 '담수'로 밥을 짓는다. 밥이 다 될 때까지 한 번 더 잠수하여 감태라는 이름의 갈색 해조류를 한 장 채취해 온다. 그 감태를 재빨리 데쳐서 녹색이 되면 칼로 여러 번 두드린다. 그러면 낫토처럼 끈적끈적하게 늘어나는데, 그걸 갓 지은 따끈따끈한 밥에 소복이 올리고 간장을 뿌려 먹는 것이다.

낚싯밥으로 썼던 총알고둥이나 개울타리고둥으로 국물을 내고 비늘을 벗긴 생선을 넣으면 맑은 생선국도 만들 수 있고 된장국도 만들 수 있다.

해변 웅덩이에 있는 투명한 태평줄새우는 몸길이 5센티 정도의 작은 새우인데, 이 녀석을 그물로 건져서 소금을 뿌려 굽거나 볶으면 바삭바삭 맛있는 맥주 안주가 된다.

봄이 되면 감태 대신 톳을 이용하여 '톳밥'을 만들어도 좋다. 생톳은 톡톡 터지는 식감이 좋아서 끈적끈적한 감태와는 또 다른 맛이 있다. 이 모두 해녀에게 배운 초간단 해물요리이다.

자, 이제 물고기와 맥주로 기분 좋게 취했으니 동굴 그늘에서 낮잠 잘 시간이다. 눈을 뜨면 파도 소리를 배경음악으로 하여 느긋하게 독서를 즐긴다. 더위에 땀이 나면 다시 바다로 뛰어들어 몸을 식히고, 헤엄치다가 입이 짜면 맥주 한 모금 벌컥. 신선한 안주도 꿀꺽.

뭐, 아무튼, 나는 비밀의 동굴을 발견한 후로 이렇듯 사치스러운 나날을 보냈다.

•-＊•-＊•-•＊-•

그 '사건'이 일어난 것은 동굴을 발견하고 나서 몇 년이 지난 어

18

느 여름밤이었다.

그 당시 일본 전국을 떠돌아다니며 노숙 방랑 여행을 하던 나는 오랜만에 비밀의 동굴을 찾아, 차에서 캠핑도구를 꺼내어 짊어지고 영차영차 동굴로 옮겼다. 문득 머리 위를 올려다보면 별들이 깜빡이는 하늘이 펼쳐지고, 아련히 빛나는 은하수가 한없이 넓은 여름 하늘을 가로질렀다.

헤드램프의 노란 빛에 의지하여 덤불을 헤치고 오랜만에 동굴 안으로 들어선 순간, 희미한 짐승의 냄새를 느꼈다. 그래도 나는 신경 쓰지 않고 동굴 안쪽으로 성큼성큼 걸어갔다. 오늘 밤 나의 침실이 될 스위트에 막 발을 들여놓으려던 찰나⋯⋯.

"으가아~악!"

발밑에서 수컷의 울부짖음 같은 소리가 터졌다.

나도 그 소리에 놀라 "으앗!" 하고 소리 지르며 펄쩍 뛰고 말았다.

너무 놀라 스위트의 토벽에 등을 부딪친 나는 황급히 헤드램프 빛으로 실내 상황을 확인했다.

노랗게 비치는 바닥 위에 짙은 갈색의 커다란 생물이 드러누워 꿈틀거리고 있었다.

"으, 으아아~앗."

나 죽는다!

반사적으로 조금 더 뒤로 물러서려 했지만 바로 뒤가 벽이었다.

그러자 그 생물도 내 목소리에 반응하여 "으아아아~"하고 한심한 목소리를 내면서 나로부터 멀어져갔다.

응?

이 소리는?

솔직히 처음에는 곰인 줄 알았다. 동굴 안에서 움직인 덩어리가 짙은 갈색이었고 아까 짐승 냄새가 나기도 해서 무의식적으로 곰이라고 믿어버린 것이다. 그러나 자세히 보니 그건 틀림없는 인간이었다. 머리카락과 수염을 기를 대로 기른 성인 남성이, 갈색으로 변색된 꾀죄죄한 담요를 양손으로 붙잡고 있었다. 요컨대 홈리스였다.

나이는 50 정도 될까? 텁수룩한 머리털의 반은 흰머리였고, 얼굴이 지저분해서 그런지 눈 주위의 기미가 심해 보였다. 이 아저씨도 꽤 겁먹은 듯, 나와 마찬가지로 여윈 등을 반대쪽 벽에 찰싹 붙이고 있다. 다른 것은 나는 선 상태로, 아저씨는 엉덩방아를 찧은 자세로 뒷걸음질 쳤다는 사실이다.

아니, 뭐야, 사람이었어?라며 방심하기엔 아직 이르다.

왜냐하면 이 아저씨, 수상하지 않은가.

아무것도 없는 숲 속 덤불을 헤치고 밤에 인기척도 없는 동굴에 살그머니 들어온 남자다. 위험한 인물일 가능성이 높아 보인다.

이 아저씨, 밤중에 이런 곳에서 뭘하는 걸까?

그보다 어떻게 이 동굴을 발견했을까?

이리저리 생각하면 할수록 나를 올려다보며 눈을 둥그렇게 뜬 아저씨가 어쩐지 섬뜩한 존재로 느껴졌다.

아니, 잠깐만.

이 아저씨도 지금 나를 무서워하고 있지 않은가? 아까는 비명까지 질렀다. 나는 그 비명에 놀라서 비명을 질렀고, 그 비명에 놀란 아저씨가 또 비명을 지른 것이다. 그렇다면 지금으로서는 내가 한 점 앞선 상태가 아닌가?

아니, 그런 건 아무래도 좋다. 아무튼 지금, 나는 무엇을 어떻게 해야 할까?

스위트 벽과 벽 사이에 몇 미터의 거리를 두고 우리는 서로 소리도 내지 못하고 그저 돌처럼 굳은 채 서로를 응시하고만 있었다.

답답한 고요 속에서 희미한 파도 소리가 동굴 안을 떠돈다.

별안간 아저씨가 움직였다.

성가신 듯 눈을 찡그리며 내 헤드램프 빛을 왼손으로 가린다.

"눈부셔……."

그 목소리 톤이 비정상적으로 높았기에 나는 조금 맥이 빠졌다.

"아, 죄, 죄송합니다."

나는 헤드램프를 조금 오른쪽으로 돌렸다.

"너……"라고 아저씨가 주뼛주뼛 말을 꺼낸다. "이런 데 뭐하러 왔어?"

"네?"

아저씨가 "아직 눈부셔"라고 중얼거렸다. 나는 빛을 조금 더 옆으로 돌리며 대답했다.

"자, 자려고요."

"응? 여기서?"

"예, 여기서요."

"……."

아저씨는 주름투성이 얼굴에 더 깊은 주름을 만들고 난처한 듯한 표정을 짓더니 입을 다물어버렸다. 이번에는 내가 물었다.

"아저씨는 여기서 무슨?"

"무슨이라니……. 자고 있었거든."

아저씨는 조금 불쾌한 듯 말을 툭 내뱉었다.

"네? 여기서요?"

"그래. 여기서."

잠시 미묘한 공기가 두 사람 사이를 오갔다. 나와 아저씨 사이에 골판지가 놓여 있고, 그 위에 너덜너덜한 이불이 깔려 있다. 어쩌면 이 이불이 짐승 냄새의 원인인지도 모른다.

다음으로 입을 연 쪽은 아저씨였다.

"내가 먼저 자고 있었거든."

"어……."

"자네는, 뭐, 나중에 왔으니."

돌아가라는 말일까?

"흐음……."

"안 그래?"

아저씨가 문득 거만한 표정을 짓자 나도 살짝 저항하고 싶어졌다.

"아, 그런데 저는 몇 년 전부터 가끔 여기 와서 자곤 했거든요."

"몇 년 전이라니……, 그렇게 나오면 좀 곤란해."

곤란한 건 나도 마찬가지다. 나의 비밀스러운 공간에 마음대로 들어오지 말라고!

"너, 차로 왔어?"

내가 큰 짐을 들고 있는 걸 보고 그렇게 물은 것이리라. 아저씨의 등은 이미 벽에서 떨어졌고, 무뚝뚝한 얼굴로 책상다리를 하고 앉았다.

"예, 차로 왔는데요."

"차가 있다면, 집도 있겠지?"

"네?"

"사는 집 말이야."

나는 부모님 집을 떠올리며 "있는데요"라고 대답했다.

"나는 없거든."

"……."

보면 안다.

그러니 나더러 나가라고 할 모양이다.

거만한 말투에 한순간 발끈했지만 그래도 살 집이 없으면 힘들겠다는 생각도 들었다.

"자네는 이런 데서 자면서 뭐하는데?"

아저씨가 어처구니없다는 듯 한숨처럼 말을 내뱉었다.

"뭐……." 그냥 노는 거죠라고 말하기는 어려운 상황이어서 "특별히 아무것도 안 하는데요"라고 대답했다.

"나는 집이 없거든."

두 번째 대사는 조금 톤이 낮아진 느낌이었다. 나는 아저씨의 표정을 가만히 관찰했다. 아까보다 시선이 아래로 향한 데다 축 처진 어깨에서 애수가 느껴졌다.

좀 가엾다……. 역시 오늘 밤은 내가 양보하는 게 낫겠다……라고 생각한 순간, 아저씨가 짜증스러운 목소리로 말했다.

"눈부시다니까, 좀."

"아, 죄송합니다."

눈을 내리뜬 건 애수 어쩌고저쩌고가 아니라 그냥 내 헤드램프가 눈부셨던 것이다.

다시 거북한 침묵이 흐른다…….

동굴 안에 울려 퍼지는 희미한 파도 소리.

아무튼…….

나는 논리적으로 생각해보았다.

일단 스위트에서 이 아저씨와 함께 잔다는 건 있을 수 없는 일이다. 하지만 아저씨는 나가줄 것 같지 않다. 그렇다면 오늘은 운이 없었다 치고 내가 돌아갈 수밖에 없다.

좋아, 정했다.

"저……."

내가 말을 꺼냈을 때.

아저씨가 턱으로 오른쪽을 가리켰다.

"저쪽 방."

"에?"

"저쪽에도 방 있는 거, 너 알아?"

세미스위트 말이다.

"아……는데요."

"그럼 그쪽으로 가줄래?"

"에?"

"에라니. 나는 지금 자고 있었거든. 그런 나를 깨워서 나가라는
사람이 더 이상하잖아?"

"하아……. 뭐……."

"쯧, 처음에는 수상한 놈이 온 줄 알고 깜짝 놀랐는데, 뭐, 너도
수상하긴 수상한 놈이지만 범죄자 같지는 않으니. 저쪽 방에서 자
도 돼."

아으윽, '수상하긴 수상한 놈'이란 나를 두고 하는 말인가요?

게다가 '자도 돼'라니, 지금 허락하는 건가요?

나는 따지고 싶었지만 뭐, 애당초 이런 덤불 속의 동굴에, 게다

가 한밤중에 어슬렁어슬렁 들어온 것 자체가 정상적인 감각으로는 이해할 수 없는 일이리라. 수상하다는 말을 들어도 어쩔 수 없다.

"얼른 저쪽으로 가."

아저씨는 더러운 파리라도 쫓듯 오른손을 흔들며 나를 스위트에서 몰아내려 했다.

뭐지? 이 미묘하게 짜증 돋는 느낌…….

하지만 지금은 아저씨 말대로 하는 게 나을 것 같기도 했다.

"하아……." 나는 애매하게 대답한 후 "그럼 저쪽으로 가겠습니다"라고 말하고 '안녕히 주무세요'를 덧붙일지 말지 생각하면서 책상다리로 앉은 아저씨 쪽을 보았다.

그랬다가 "이쪽으로 돌지 마, 눈부시다니까"라는 핀잔만 듣고 그냥 허둥지둥 물러나야 했다.

스위트에서 쫓겨나 세미스위트로 들어간다.

방에 들어가자마자 무심코 그 자리에 서버렸다.

으윽. 뭐야 이거.

빈 커피캔에 컵라면 용기 같은 쓰레기가 바닥에 널브러져 있는 게 아닌가?

이런이런……. 나는 그것들을 발로 구석에 몰아넣었다. 그렇게 만들어진 공간에 레저시트와 침낭을 깔고 그 위에 짐을 놓고 나서 울퉁불퉁한 바닥에 책상다리로 앉았다. 랜턴을 켜고 방을 밝히니 더 가슴이 답답해져서 "하아……" 하고 우울한 한숨을 쉬고 말았다.

기분이 다운됐을 땐 맥주가 필요한 법.

아이스박스 안에서 얼음처럼 차가운 캔맥주를 꺼냈다.

푸슉♪

캔을 따고 기분 좋게 목을 울린다.

황금빛 성인용 주스가 위장으로 흘러감에 따라 몸속부터 서서히 긴장이 풀리는 듯했다.

후우…….

언빌리버블한 조우 덕분에 여태껏 맛본 적 없는 종류의 긴장감을 경험했다. 맥주를 마셔 어깨 힘이 빠지자 그 긴장감이 어느 정도였는지 알 것 같았다.

세미스위트의 작은 창으로 파도 소리와 바닷바람이 들어온다.

모기가 귓전에서 날아다니기에 일단 모기약을 발랐다.

다시 맥주를 한 모금 마시고 후유 하고 한숨을 쉬었다.

아무리 그래도 홈리스와 한 동굴에서 같이 자다니……, 거참 희한한 밤이군.

생각할수록 우스워서 크크크 하고 내 처지에 실소를 터뜨린 순간…… 문득 뒤에서 인기척을 느꼈다.

내가 미처 돌아보기도 전에

"저기 말이야."

라는 목소리에 깜짝 놀라, 앉아 있던 내 엉덩이가 5센티쯤 튀어올랐다.

"뭐, 뭐, 뭡니깟?"

돌아보니 수염이 텁수룩한 아저씨가 구부정한 자세로 세미스위트 입구에 서 있는 것이다.

"자네, 맥주 갖고 있나?"

"에?"

"맥주."

아저씨가 내 손을 힐끗 보며 말했다.

"있는데요……."

"이거랑 안 바꿀래?"

"에?"

생각지도 못한 제안에 멍하니 있는데, 아저씨가 네모난 컵 야키소바를 마치 암행어사가 마패를 보이듯 쓱 내미는 것이다. 내가 좋아하는 브랜드, 페양구였다.

"네, 뭐……."

"이거 줄 테니까."

아저씨가 신발을 신은 채로 거침없이 레저시트로 올라와서는 내 앞에 페양구 소스 야키소바를 내려놓았다. 그러고 오른손을 내밀기에, 나는 아이스박스에서 맥주를 하나 꺼내어 그 손에 쥐여주었다.

"오오, 시원하네."

"예. 차갑습니다."

"흐흐……."

아저씨는 기미로 둘러싸인, 별로 건강해 보이지 않는 눈을 가늘게 뜨고 웃더니 "잘 있게"라고 말하고 스위트로 돌아갔다.

아아, 깜짝 놀랐네…….

혼자가 된 후 심호흡을 했지만 여전히 심장이 벌떡벌떡 뛰었다.

발밑에 놓인 폐양구를 살펴보았다. 투명한 필름 포장지에 흙먼지가 살짝 묻긴 했지만 개봉한 흔적은 없었다. 먹어도 될 것 같았다.

조금 안심하고 다시 맥주를 마셨다.

하나를 다 마시고 나서 다시 하나를 비웠을 때 가까스로 마음이 안정되었다. 슬슬 자볼까?

랜턴 불을 끄고 침낭으로 쏙 들어갔다.

바닥이 울퉁불퉁하여 조금 불편했지만 오늘은 어쩔 수 없다.

캄캄해진 동굴 공간을 올려다보며 조용히 호흡을 반복하는데 옆방에서 가래 낀 헛기침 소리가 들렸다.

잠이 안 오네…….

작은 창으로 흘러들어 오는 평온한 파도 소리에 의식을 집중하다 보니 어느새 잠에 빠져들었다.

다음 날 아침 눈을 떴을 때 동굴 안에서 인기척이 사라진 듯했다. 귀를 기울여도 소리 하나 들리지 않았다.

나는 침낭에서 기어 나와 작은 목소리로 "안녕히 주무셨어요⋯⋯"라고 말하면서 주뼛주뼛 스위트로 가보았다.

아저씨는 없었다. 게다가 이불까지 사라졌다. 이불이 없다는 건 이사했다는 뜻일까?

분명 그렇다. 그러길 바란다!

빈방이 된 스위트 바닥에 빈 깡통이 하나 버려져 있었다. 지난밤에 교환한 맥주캔이다.

"쓰레기는 갖고 가라고!"

빈 깡통을 주우면서도 내심 안도한 나는 그날 아침부터 다시 사치스러운 프라이빗 비치 생활을 만끽했다.

점심때가 되어 낚은 물고기를 구워 먹다가 문득 그 페양구 야키소바가 생각났다. 투명 필름을 벗기고 뚜껑을 열어 내용물을 본 순간 나는 묘한 위화감을 느꼈다.

안을 자세히 보니, 녹색이어야 할 파래가 낙엽처럼 연한 갈색으로 변색된 게 아닌가?

설마 하고 유통기한을 보았다.

아으으윽!

1년 가까이 지났잖아!

그래도 뭐 컵라면이고 먹을 수 없을 정도로 상한 건 아니겠지. 이런 근거 없는 설로 스스로를 타이르며 가난한 대학생인 나는 그냥 먹기로 했다.

코펠에 끓인 물을 붓고 3분 기다렸다가 물을 빼내고, 후추를 뿌리고, 낙엽 색깔 파래는 뿌리지 않고 먹어본다.

"......"

기분 탓인지 약간 먼지 냄새가 나는 것 같았다. 마음이 넓은 나는 그 사실을 눈치채지 못한 척 맥주로 입 안을 씻으면서 다 먹어버렸다.

아저씨는 그날 밤 동굴로 돌아오지 않았다.

그 말은 이 낙원을 다시 독점할 수 있다는 뜻.

낙천적인 나는 싱글벙글 웃으며 짐을 스위트로 옮기고 평온한 마음으로 두 번째 밤을 지냈다.

●-＊●-＊●-＊●

홈리스 아저씨와 만난 뒤로 한 달 정도 지났을 때.

다시 동굴을 방문했다.

이번에는 밤이 아니라 해질녘에.

동굴이 있는 이 숲은 찌르레기들의 서식지이기도 하다. 파인애플색으로 빛나는 저녁 하늘을 올려다보면 사방팔방에서 찌르레기들이 이루는 실루엣이 숲 쪽으로 날아오는 모습을 볼 수 있다.

나는 헤드램프를 이마에 걸고 평소처럼 덤불을 헤치면서 숲 속으로 들어갔다. 아저씨와 내가 몇 번이나 다닌 탓인지, 아니면 아저씨가 덤불을 조금 제거한 것인지, 처음 이 동굴을 발견했을 때와 비교하면 뭔가 '길'이 만들어진 것 같다. 덤불을 헤치고 나아가기가 꽤 쉬워졌다.

동굴 앞까지 와서 한차례 심호흡을 했다.

들이마신 공기 속에서 그 짐승 냄새가 어렴풋이 느껴졌다.

으, 설마······.

불길한 예감을 안고 동굴 속으로 걸어갔다.

스위트를 살짝 들여다본 순간.

"하아······."

안에서 무척 무척 깊은 한숨이 들렸다.

아저씨였다.

"쯧, 또 눈부신 총각인가."

아저씨는 다시 한 번 들으란 듯이 한숨을 크게 쉬었다.

한숨 쉬고 싶은 쪽은 나라고!

나는 마음의 목소리를 삼키면서 "아, 안녕하세요"라고 중얼거렸다.

그건 그렇고, 내게 붙여준 별명은 참 그럴싸하다.

눈부신 총각.

단어의 의미를 어떻게 이해하느냐에 따라 반짝반짝 빛나는 '동경의 대상' 같은 어감도 느껴진다. 하지만 현실은 수염이 덥수룩한 홈리스 아저씨가 헤드램프 때문에 눈부시다고 싫은 소리를 한 것에 불과하다. 작명 센스에 트집을 잡고 싶은 심정이다.

눈부신 총각.

아니아니, 좀 웃기잖아!

웃음이 나오려는 걸 꾹 참고 혼자 마음속으로 따지는데 아저씨가 또 자기 눈을 손으로 가린다.

"눈부시다니까."

"아, 죄송합니다."

"너, 오늘도 저쪽 방이야."

"아, 예."

두 번째라 이 흐름에 익숙해졌는지 나는 냉큼 뒤로 돌아 세미스위트로 향하려 했다.

아저씨가 조금 당황한 목소리로 내 뒷모습을 향해 말을 건다.

"아, 아, 잠깐."

"네?"

"너, 오늘도 맥주 갖고 있지?"

아저씨의 눈이 내 어깨에 걸린 아이스박스에 꽂혔다.

"예, 뭐……."

그렇게 대답한 찰나, 떠올리고 말았다.

"아, 맞다. 그 페양구, 유통기한이 1년이나 지난 거였어요."

목소리에 비난을 듬뿍 담아서 내뱉었는데도 아저씨는 태연히 흘려듣고 무엇 때문인지 옆에 있는 하얀 비닐봉투를 뒤지기 시작했다.

"아, 그래? 지난 거였어? 잠깐만 기다려봐. 이건 아마…… 새거라서."

"자, 봐"라고 하면서 이번에는 컵라면을 내민다. 또 맥주랑 교환하자는 뜻이다.

"이거 맛있어."

반성하는 모습이 조금도 보이지 않는 아저씨의 태도에 한숨이 나와서, 잠시 어떻게 대답해야 할지 망설였다. 여기서 거래를 거부하면 내일 아침까지 이 사람과 껄끄러운 관계가 이어질 것이다. 그런 상황만큼은 피해야 하리라.

나는 일단 컵라면을 받아들었다.

제일 먼저 유통기한부터 확인했다.

으윽…….

"안 돼요. 이것도 날짜가 지났잖아요. 1년 반이나."

"어이, 거짓말이지?"

"정말이에요. 보세요."

나는 유통기한이 적힌 곳에 빛을 비추고 아저씨에게 보여주었다. 그걸 본 아저씨가 미간에 주름을 잡으며 혀를 찬다.

"쳇, 이 자식. 오래된 걸 주다니."

이 자식이 대체 누구일지 나는 모르겠고 알고 싶지도 않지만, 아무튼 내게 있어서 맥주의 가치는 유통기한이 지난 컵라면과 교환할 정도로 낮지 않다. 낚시를 하지 않으면 배가 고파 쓰러질 만큼 가난한 학생이 밥값을 아끼면서까지 구입한 '영혼이 담긴 맥주'가 아닌가?

"안 돼요, 유통기한 지난 건."

나는 냉정하게 딱 잘라 말하고 세미스위트로 이동하려 했다.

"앗, 잠깐 있어보라니까."

"왜요?"

"다음에 만날 때, 꼭 새거, 줄게……."

목소리 톤이 낮아지고 아래를 향한 시선에 간절함이 담겼다.

"눈부시다니까."

"아, 죄송합니다."

역시 시선이 아래를 향한 건 '눈부신 총각'의 빛 때문이었다. 아니 그보다 이 아저씨, 나랑 또 만날 생각인가?

"부탁이야. 옆에서 푸슉 하고 따는 소리가 나면……. 응? 너도 알잖아?"

안다. 그 기분. 충분히. 하지만 나는 이 맥주를 프라이빗 비치에서 으하하하 웃으면서 마실 시간을 기대하며 여기까지 온 것이다. 다음에 만났을 때라니, 리스크가 너무 크다. 하지만 여기서 무자비하게 거절하면 내일 아침까지의 시간이 좀 불안하다. 자는 동안 신원도 모르는 수상한 아저씨한테 습격이라도 당하면 어쩌나 싶고…….

으~음 하고 고민하는 나에게 아저씨가 새로운 제안을 했다.

"그럼, 그럼 말이야, 일단은 이걸 줄게. 다음에 만날 때 컵라면도 주고."

아저씨는 말하면서 흙먼지가 잔뜩 묻은 바지 주머니에서 뭔가를 꺼내어 손바닥에 올리고 내밀었다.

100엔짜리 라이터였다.

맥주는 약 200엔. 라이터는 100엔.

옛날부터 산수를 싫어했던 나도 안다. 교환하면 더블스코어로 진다는 것을.

하지만 이렇게 필사적으로 매달리는 아저씨를 내치면 왠지 신이 벌을 내릴 것도 같고, 그 당시는 아직 담배를 피우던 시절이라 이런 라이터라도 내겐 쓸 만한 물건이었다. 게다가 음식과 달리 라이터는 상하지 않는다.

"그렇다면, 뭐, 알겠습니다. 바꿔드릴게요."

"오오……."

아저씨의 눈이 반짝반짝 빛난 것은 맥주를 마실 수 있다는 기대 때문인 줄 알았다. "눈부시다니까"라는 불평을 또 듣고서야 '눈부신 총각'의 헤드램프 빛이 반사됐을 뿐이라는 걸 깨달았다.

"그럼 저는 이만."

"응. 또 봐."

또 보자고?

내일 아침에 보자는 뜻인지 훗날에 대한 기약인지 조금 신경이 쓰였지만, 아무튼 아저씨한테서 해방된 나는 세미스위트로 이동하여 지난번처럼 혼자 맥주를 꿀꺽꿀꺽 마시고 문득 생각난 것처럼 모기약을 바르고 털썩 잠에 빠져들었다.

다음 날 아침에 보니 역시 아저씨의 모습은 사라졌고, 스위트 바닥엔 빈 깡통이 하나 굴러다녔다.

쓰레기는 좀 갖고 가라고!

마음속으로 투덜거리며 빈 깡통을 줍고 나서는 프라이빗 비치에서 하루 종일 꿈같은 시간을 보냈다.

맑은 하늘에 늠름한 구름이 군데군데 떠 있고, 살랑살랑 불어온 바람이 잔잔한 수면을 훑고 지나갔다.

내 오른손에는 캔맥주, 왼손엔 미녀……가 없으니 대신 미녀가 등장하는 페이퍼백 소설을 읽기로……. 마음이 동하면 책 대신 낚싯대를 잡고 맛있는 물고기를 원하는 만큼 낚는다.

행복의 조건은 모두 갖춰졌다.

우선 첨벙! 하고 바다로 뛰어들어 한동안 잠수를 즐긴 다음, 물가로 올라와 맥주를 마시고 담배(세븐스타)를 입에 물었다. 아저씨한테 받은 라이터를 손에 들어본다. 투명한 녹색 플라스틱 안에 액화 가스가 반 정도 남아 있다. 바꿔 말하면 '반이나 쓴 중고 라이터'인 셈이다. 100엔은커녕 기껏해야 50엔 정도의 가치밖에 없다.

하지만 뭐, 됐다…….

차가운 맥주 덕분에 세계 최고로 마음이 넓어진 나는 깨달음을 얻은 부처님처럼 미소 지으며 아저씨를 용서하는 마음으로 라이터를 켰다.

슉.

응?

한 번 더, 슉.

어라?

슉. 슉. 슉. 슉. 슉. 슉. 슉.

나는 손안의 라이터를 한참 동안 바라보았다.

어이어이, 켜져. 부탁이야.

염원하면서, 다시, 슉.

"……."

불꽃은 튀었다. 그런데, 왜?

가스가 나오게 하는 레버를 누른 채 귀에 대보았다.

소리가 나지 않았다.

노즐이 막힌 걸까? 가스가 전혀 나오지 않는다.

나는 다시 라이터를 응시했다. 수염이 덥수룩한 아저씨의 얼굴과 짐승 냄새가 떠올랐다.

또 당했구나…….

물고 있던 담배를 상자에 넣고 새 맥주 캔을 땄다. 꿀꺽꿀꺽 목을 울리는 동안 재미있는 아이디어가 생각났다.

으흐흐. 좋아. 정했다.

다음번엔 무알코올 맥주를 하나 갖고 오는 것이다. 유통기한이 넉넉한 컵라면이랑 바꿔줄 테다. 으흐흐. 이 사기꾼 아저씨야, 다음은 무알코올이다. 공짜로 취하게 놔둘쏘냐. 헤드램프 배터리는 새 알칼리건전지로 바꿔서 엄청 눈부시게 해주리라. 으흐흐흐. '눈부신 총각'을 얕보면 안 되지.

어느새 세계 최고로 마음이 좁아져버린 나는 이렇듯 유치한 복수를 계획하며 히죽히죽 웃었다. 장난칠 계획을 짤 때만큼 즐거운 순간은 없으리라.

나는 물가의 바위 위에 서서 부드러운 바닷바람을 맞으며 "으흐, 으흐흐" 하고 혼자 계속 웃어댔다.

그러나…… 유감스럽게도 아저씨의 뒤통수를 칠 기회는 끝내 오지 않았다. 아저씨와의 만남은 그때가 마지막이었기 때문이다.

그 후로 몇 번인가 동굴에 갔지만 아저씨의 모습은 없었고, 세미스위트의 쓰레기도 늘지 않았다. 아저씨는 정말로 이사한 모양이었다. 좀 더 쾌적한 보금자리를 찾은 걸까?

그로부터 다시 2년 정도 지났을 때, 누군가가 덤불을 깨끗이 쳐서 동굴로 이어지는 '길'을 만들어버렸다. 길이 있으면 사람이 찾아온다. 슬프게도 그 동굴은 이미 나만의 공간이 아니게 되었다.

또 그로부터 10여 년 후.

어느 잡지사 일로 취재를 하기 위해 일러스트레이터 친구를 데리고 오랜만에 동굴을 찾았다.

"예전에 이 동굴에서 어떤 홈리스 아저씨를 만났는데……."

친구에게 그때 일을 이야기하면서 동굴로 들어가려 했다.

그 순간.

번쩍!

번개처럼 눈부신 빛이 동굴 안에서 터져 나와 우리 눈을 찔렀다.

"으앗, 뭐지?"

"스트로브 라이트?"

눈을 끔벅거리고 있는데 동굴 안에서 젊은 여자가 성큼성큼 걸어 나온다. 스쳐 지나가면서 우리를 힐끗 보더니 "쯧" 하고 혀를 찬다.

우리는 그녀의 그런 태도에 당황했지만, 사실은 더 놀라운 점이 있었다. 그 여성은 알몸에 하얀 가운밖에 걸치지 않은, 퍽이나 요염한 차림이었다.

뜻밖의 사건에 우리가 어찌할 바를 모르는 동안 여성은 마치 더러운 거라도 본 듯한 표정으로 또 "쯧" 하면서 얼굴을 획 돌린다.

으아~ 누군가에게 이만큼 노골적으로 싫은 내색을 당한 적이 과연 있었던가라고 생각한 순간, 얼마 없는 긴 머리카락을 뒤로 묶은 뚱뚱한 중년 남자가 일안 리플렉스 카메라와 삼각대를 들고 동굴에서 나와, 지극히 형식적인 영업용 미소를 지으며 이렇게 말하는 것이었다.

"허허, 죄송합니다. 지금 여배우 촬영 중이거든요. 잠시 저쪽으로 비켜주시면 좋겠는데."

누드 화보를 찍는 중이었던 모양이다.

나는 오랜만에 동굴에서 쫓겨나면서 살짝 한숨지었다.

이 동굴과 바다를 독차지했던 지난날의 '눈부신 총각'은 오랜 세월이 흐른 후 '눈을 찌를 만큼 눈부신 아저씨'한테 쫓겨날 신세가 되었다. 헤드램프와 카메라 스트로브, 이 경쟁에서도 진 것 같다.

나는 마음속으로 중얼거렸다.

아저씨, 우리의 셰어하우스를 지키지 못해 죄송해요.

요시로 씨의
저주

늘 배고팠던 대학 시절에 나는 권투 도장에 다니곤 했다. 프로
로서 링에 오르고 싶다든가, 싸움에 지고 누군가에게 앙갚음을 하
기 위해서라든가, 복근을 과시하여 여자들한테 인기를 얻겠다든
가 그런 열의가 있었던 건 아니고, 그저 취미로 다니는 연습생에
불과했다.

그 체육관엔 어쩌다 보니 또래의 오토바이 마니아가 셋 있었다.

나, 미야지마, 이시타니.

체급이 무거운 순으로 말하면 미야지마가 웰터급, 내가 라이트
급, 이시타니가 밴텀급.

체급이 다르면 스파링을 할 때 파트너가 될 일도 없으니 라이벌
의식이나 원한이 쌓일 염려도 없었다. 그랬기에 순수한 친구 관계

가 오래 지속될 수 있었으리라.

　푸른 하늘이 시원스럽게 펼쳐진 겨울철 어느 아침.

　우리 셋은 미야지마의 차를 타고 낚시를 떠났다.

　오로지 낚시를 즐기기 위해서가 아닌 것은 트렁크에 낚시 도구와 함께 '찌개요리 세트'가 실려 있는 걸 보면 안다.

　메인은 찌개, 낚시는 오히려 덤이다.

　단…….

　이번에는 낚시에 약간의 금욕적인 게임을 도입하기로 했다.

　우치보(內房) 해안을 따라 뻗은 127번 국도를 남쪽으로 달려서 쥐노래미와 쏨뱅이가 잘 잡히는 포인트에 도착하자마자 우리는 힘차게 채비를 바다에 던졌다. 낚싯대 끝에 작은 방울을 달아서 입질이 오면 바로 알 수 있도록 해둔 다음, 유목을 모아 모닥불을 피우고 요리 준비를 시작했다.

　오늘의 찌개 재료는 슈퍼에서 싸게 산 채소 몇 종류. 고기는 굳이 준비하지 않았다.

　즉, 고기를 낚아야지만 찌개 안에 매혹적인 단백질이 투입되는 것이다. 우리 셋은 이런 모험적인 게임에 도전하기로 합의를 보았다. 그야말로 복서다운 금욕적인 게임이지만, 다른 각도에서 보면 가난한 대학생들의 비장감 넘치는 게임으로 느껴지지 않는 것도 아니다.

"모리사와, 만약에 못 낚으면 우리 어쩌지?"

낚시 초보자인 이시타니가 불안한 듯 눈꼬리를 내렸다.

"문제없어. 반드시 낚일 거야. 이 포인트에서 못 낚은 적 여태까지 한 번도 없었거든."

거만한 얼굴로 받아친 내 대사에 이시타니도 안심한 듯 인상을 폈다.

솔직히 말하면 내가 이 포인트에서 낚시를 한 건 과거에 딱 한 번이었고, 그때는 뭐…… 낚긴 했다(작은 것 몇 마리). 여태까지 못 낚은 적이 한 번도 없었다는 건 거짓이 아닌 셈이다. 나는 거짓말을 굉장히 싫어하는 사람이다.

"뭐 낚인다면 다행이지만."

잎과 줄기와 뿌리뿐인 조금 쓸쓸한 찌개를 휘젓기 시작한 이시타니에게 "자, 마시자"라며 캔맥주를 던져주었다.

"우선 기분 좀 내자."

"오오, 땡큐."

'어버이' 하면 '엄마', '스타' 하면 '니시키노 아키라(1970년대에 데뷔한 일본의 국민가수 – 옮긴이)', '트리오' 하면 '다노킹(1980년대 초에 활동한 일본 최고의 삼인조 아이돌 그룹 – 옮긴이)'이듯, '찌개' 하면 뭐니 뭐니 해도 '우선 맥주부터'이다.

바닷바람은 조금 차갑지만 모닥불도 피워뒀으니 이시타니와 나는 안심하고 꿀꺽꿀꺽 과장스럽게 목을 울렸다.

그러나 미야지마는 "나는 돌아갈 때 운전해야 하잖아⋯⋯"라고 중얼거리면서 황금 주스를 애써 외면했다.

"대, 대단한데? 진짜 착하다. 미야지마!"

"너 덕분에 맥주가 더⋯⋯."

"맛있어!"

마시지 못하는 미야지마의 웅크린 등이 이시타니와 나의 기분을 돋워주었다.

"아아, 미야지마야, 미안해. 그래도 복서한테 역시 술은 좋지 않아."

"맞아맞아. 이런 독극물은 우리가 처분할게. 걱정 말고 우리한테 맡겨."

미야지마는 볼을 실룩거리며 허전한 찌개를 휘휘 젓기만 했다. 이시타니와 나는 미야지마의 그런 모습에 더 신이 나서 "어떻게 이렇게 맛있을 수가~!" "맥주가 있는 인생, 최고다~!" 하고 소리 지르지 않을 수 없었다.

"너, 너네⋯⋯ 그러고도 인간이야? 내가 불쌍하지도 않냐? 나라면 절대 안 마실 거야."

아니, 절대 마실 녀석이라는 걸 우리는 아주 잘 알고 있다. 그렇기 때문에 우리의 기분이 자꾸 하늘로 치솟는 게 아니겠는가!

"오오, 이시타니, 이런 곳에 위스키가 있네."

"우와~ 안 돼, 안 돼. 우리 체육관의 호프 미야지마 선수한테 이런 걸 먹이면 회장님한테 얻어터진다고."

"응, 틀림없이 그럴 거야. 우리끼리 처분해야지."

나는 위스키로 병나발을 불면서 만면에 미소를 띠었다.

"크으~ 이건 맛없네. 역시 고급 위스키야. 이런 건 미야지마 선생의 입엔 도저히 안 맞지."

"어디어디? 우와, 진짜다. 맛있, 아니아니, 맛없다!"

둘이서 집요하게 놀리니 미야지마의 표정이 점점 험악해진다.

"이 새끼들······. 내가 엄청 맛있는 물고기 잡으면 한 입도 안 줄 거다!"

애들 말싸움에나 나올 법한 대사를 내뱉는 미야지마이지만, 그는 키가 180센티 가까이 되는 상남자 중의 상남자다.

"뭐라는 거야. 찌개는 다 같이 먹어야 맛있는 거라고. 그렇게 속좁은 말은 하는 거 아냐. 그렇지? 이시타니."

"맞아맞아. 찌개는 다 같이 먹고, 술도 다 같이 마시고, 그러면 좋잖아. 이제 포기하고 미야지마도 마셔버려. 오늘 차 안에서 자고 내일 아침에 가면 되잖아."

평소라면 이 시점에 "그렇겠지······? 그냥 마실까!" 하고 시원스럽게 한잔 벌컥 들이켰을 테지만 내일 무척 중요한 일정이 있는 듯 이날만큼은 끝까지 고집을 부렸다.

아무래도 계속 마시기가 미안해진 우리는 '고급 위스키'라 불렀던 산토리 올드에 결국 뚜껑을 닫았다.

"어쩔 수 없네. 잠시 힘내서 낚시라도 해볼까?"

내가 마음을 가다듬고 이렇게 제안했다.

"그래그래. 단백질이 부족하면 근력도 떨어지고 배고프잖아."

단세포 상남자 미야지마가 내심 안도한 얼굴로 일어나더니 낚싯대를 손에 들고 릴을 둘둘 감기 시작했다.

• - * • - * - • - * - •

그런 이유로 그날은 평소와 달리 눈에 쌍심지를 켜고 낚시에 임했다. 부지런히 미끼를 바꾸고, 포인트도 넓게 잡고, 채비도 섬세한 것으로 골랐다.

그런데도 조과는 참담했다.

셋이 합쳐서 15센티 정도의 쥐노래미 한 마리랑 같은 크기의 쏨뱅이 두 마리가 다였다.

쏨뱅이는 머리랑 뼈랑 내장을 제거했더니 먹을 수 있는 살이 참새 눈물만큼이었다. 이걸로 쓸데없이 건강한 복서 세 사람의 배가 채워질 리 만무했다.

시간이 지날수록 우리는 셋 다 짜증이 나기 시작했다.

배가 무척 고픈 데다 눈앞에 있는 술을 참아야 할 신세였고, 겨울철 바닷바람이 유독 차가운 데다 물고기까지 안 잡히니, 아무리 성격 좋은 우리라지만 애가 탈 수밖에 없었다. 매일 사람을 때려눕히는 연습만 하는 남자들이 스트레스를 받으면 어떤 일이 벌어질지 모르니, 나는 이 애처로운 게임을 중단하자고 제안해보았다.

"아아, 안 되겠다. 하찮은 게임은 이쯤에서 접고 말이야, 근처 가게에 가서 먹을 걸 좀 사 오는 게 어때?"

"그럴까? 난 찬성."

"나도 그 생각했어."

이리하여 가까운 역으로 나가서 가게를 찾아 식재료를 사 오기로 했다.

낚시채비는 바다에 던져놓은 채 역을 향해 걸었다.

"역시 배가 고프면 안 되겠네. 그 유명한 괴테도 인생은 스토익(stoic)이 아닌 스토막(stomach)이라고 했잖아."

내가 태연하게 거짓말을 하니 단순한 미야지마가

"호오, 괴테가 그런 말도 했구나."

라고 멋지게 속아주었다. 그러자 이시타니까지

"배고프면 낚시를 해선 안 된다고 했던 전국시대 영주도 있어."

라고 한발 더 나간다. 그 대사엔 미야지마도 "그건 거짓말이지?" 하면서 웃음을 터뜨렸다. 그런 시시한 대화를 나누면서 우리 셋은 가까운 역까지 어슬렁어슬렁 걸었다.

역 앞의 가게들은 대부분 셔터가 내려진 상태였다. 거리가 애처로울 정도로 한적했다.

다행히 문을 연 자그마한 상점이 딱 한 집 눈에 띄어서 우리는 가슴을 쓸어내렸다. 안으로 들어가보니 적긴 하지만 식료품도 팔았다. 구경하는데 갑자기 미야지마가 기쁜 목소리를 내지른다.

"오오오, 이거야 이거. 너네 슈가 토스트라고 알아?"

이시타니가 "몰라"라고 한다.

나는 "삼각형 빵 말인가?" 하고 물었다.

"그래, 맞아. 여기 이거. 엄청 맛있으니 한번 먹어봐. 전자레인지에 데워 먹으면 정말 맛있어."

"호오. 그렇다면 한번 먹어볼까?"

"응. 이시타니도 먹어봐. 진짜 맛있어."

진열장에 남은 슈가 토스트는 두 개뿐이었다.

"그렇게 맛있다니 한번 먹어보지 뭐. 그런데 너는 안 먹어도 돼?"

"괜찮아. 나는 많이 먹어봤으니까. 너네가 먹어보면 좋겠어."

결국 이시타니와 나는 도시락 외에 미야지마가 극찬한 슈가 토스트도 하나씩 샀다.

무척 헝그리한데도 헝그리 정신은 부족한 세 복서는 어슬렁어슬렁 걸어서 낚시터로 돌아와 사 가지고 온 도시락을 걸신들린 듯 먹었다. 이시타니와 나는 디저트로 슈가 토스트까지 입에 물었다.

"어때? 엄청 맛있지?"

미야지마는 자신만만하게 말했지만 솔직히 맛있다고 남에게 권할 정도는 아니었다. 퍼석퍼석한 데다 좀 딱딱하고, 맛도 향도 그리 좋지 않았다.

"으~음."

애매하게 대답하면서 그 삼각형 빵을 모두 배 속에 넣은 직후.

"으앗!"

한겨울 물가에 남자의 굵은 비명 소리가 울려 퍼졌다.

"엇……, 이, 이거, 곰팡이 아냐?!"

이시타니가 반 정도 먹은 슈가 토스트를 한 손에 들고 눈을 둥그렇게 떴다.

"야, 모리사와, 이것 좀 봐봐!"

빵에 하얀 곰팡이가 피어 있었다.

자세히 보니 빵 전체를 뒤덮을 만큼 많은 양의 곰팡이였다.

미야지마와 나는 손뼉을 치며 폭소를 터뜨렸다.

"아하하하. 그 가게 좀 수상하긴 했어. 날 따돌리고 술 마시더니 벌 받았네."

미야지마는 진심으로 기쁜 듯 말했다.

"이시타니, 너, 미각에 문제 있는 거 아냐? 보통 그만큼 상했으면 한 입만 먹어도 바로 알지."

나도 이시타니의 어깨를 툭툭 치면서 한마디 거들었다.

"에잇, 젠장……. 네 건 괜찮았어?"

이시타니가 토해내듯 말했다.

"응, 내 건 괜찮았어. 다 먹어버렸으니 확인할 수는 없지만. 그래도 뭐, 미야지마 말처럼 맛있지는 않았네."

"응? 거짓말. 그 빵을 맛없다고 할 녀석은 절대 없어."

"뭐야, 그 자신감은. 너, 야마자키 빵 회사에서 고용한 알바냐?"라고 말하면서 나는 무심코 웃어버렸다.

"솔직히 말하면 맛이 없다기보다 좀 이상한 맛이었어. 수분이 없어서 퍼석퍼석하고, 곰팡이 냄새도 좀 나고."

"어?"

"……."

나는 내 입에서 무의식적으로 나온 말에 화들짝 놀라 바위 위에 선 채 그만 굳어버렸다.

"으흐흐. 모리사와, 곰팡이 냄새가 났다고?"

이시타니가 부리나케 내 옆으로 와서 쭈그리고 앉았다. 내가 먹은 슈가 토스트 포장지를 쓰레기봉투에서 끄집어내더니 제조일자를 확인한다.

쭈그리고 앉은 이시타니가 천천히 나를 올려다보았다.

느슨해진 볼 근육에는 악마의 미소가 들러붙어 있었다.

"크크. 내가 먹은 거랑 같은 날짜네."

"어……."

"미각에 문제가 있는 나는 반쯤 먹고 알았는데, 그대는 전부 먹어 치우셨네요.”

“자, 잠깐 보여줘 그거.”

나는 이시타니의 손에서 포장지를 빼앗아 날짜를 확인했다.

“이, 이런……”

유통기한이 한 달 이상 지난 게 아닌가.

날짜를 확인하자마자 갑자기 배가 콕콕 찌르듯이 아픈 것 같았다. 하나를 몽땅 다 먹었으니 내 위장 안엔 곰팡이가 이시타니보다 두 배는 더 들어 있을 것이다.

“이쪽 세계로 오신 것을 환영합니다.”

이시타니가 애처로운 미소를 지으며 오른손을 내밀었다.

“자, 잘 부탁합니다……”

나는 깊은 한숨을 쉬면서 그 손을 잡았다.

“거봐, 곰팡이 핀 빵을 먹었으니 당연히 맛이 없지. 원래는 진짜 맛있는 빵이라니까.”

분위기를 못 읽는 미야지마는 곰팡이를 먹어버린 우리를 걱정하기는커녕 여전히 슈가 토스트를 홍보하느라 바빴다.

지금 이시타니와 나는 그게 중요한 게 아니다. 식중독에라도 걸리면 큰일이지 않은가? 우리는 바위 위에 주저앉아 진지하게 대책을 의논했다.

“역시 입 안에 손가락을 찔러 넣어서라도 토해내는 게 좋을까?”

“이대로 있으면 위험할 수도 있겠지?”

곰팡이 먹고 식중독 걸린 경험이 없는 우리는 그 고통과 괴로움을 모르기에 오히려 공포심이 더 부풀어오르는 듯했다.

"으하하하. 너네 벌 받은 거야."

창백한 얼굴로 다리를 모으고 마주 보고 앉은 우리 옆에 미야지마가 의기양양한 얼굴로 우뚝 섰다.

"비열하게 자기들끼리 술 마시니까 이런 일이 벌어지지. 너희는 하느님한테 버림받았어."

빌어먹을.

볼록하게 부풀어 오른 미야지마의 콧구멍을 노려본 순간 새로운 깨달음이 뇌리를 번쩍 스쳤다.

"아니, 이시타니."

"응?"

"이 곰팡이 빵을 먹으라고 열심히 권한 건 미야지마 아니었어?"

"아, 맞다. 뭐야, 결국 너 때문이잖아!"

"으……."

미야지마가 팔짱을 낀 채 한 걸음 후퇴했다. 공격한다면 바로 지금이다.

"너, 우리가 식중독에 걸리면 어쩔 거야? 응?"

"맞아. 네가 책임져."

"마, 마, 말도 안 돼. 나는 슈가 토스트를 권했지 곰팡이 핀 빵은 안 권했어."

반격에 나선 미야지마의 더 커진 콧구멍을 본 순간 또 멋진 생각이 떠올랐다.

"아, 맞아. 이시타니, 위스키 마시면 위장이 살균 소독되지 않을까?"

"오오옷, 전쟁터에선 병사가 상처에 위스키를 끼얹기도 하잖아."

"응, 바로 그거야. 좋았어! 어쩔 수 없다. 우리는 살균을 위해 위스키를 마셔야 해."

"응, 어쩔 수 없어."

형세 역전이다. 미야지마의 '아차' 하는 얼굴을 보니, 이시타니와 내 가슴에 거무칙칙한 불꽃이 활활 타오르는 듯했다.

"자, 살균을 위해, 건배!"

이시타니와 나는 위스키를 종이컵에 따르고 미야지마의 눈앞에서 벌컥벌컥 들이켰다. 순식간에 갈지자로 비틀거릴 만큼 취했다.

취하니 기분은 조금 나아졌지만 위스키로 곰팡이균이 정말 죽을까?라는 의문은 마음속 어딘가에 마치 곰팡이처럼 여전히 달라붙어 있었다.

목욕탕의 곰팡이는 세제로 아무리 문질러도 잘 지워지지 않는데…… 곰팡이를 뿌리째 죽여주는 거라면?

예스!

팡이제로다.

아무리 그래도 팡이제로를 마실 수는 없지 않은가. 마시면 내가 먼저 맥없이 죽을 것 같다.

피이~ 효로로로.

솔개의 노랫소리가 하늘에서 떨어진다. 올려다보니 높은 하늘에서 작은 실루엣이 빙글빙글 우아하게 날아다녔다.

낚싯대는 여전히 꿈쩍도 않는다.

모처럼 취했는데 뜻대로 되는 게 없어 괜스레 짜증이 났다. 나는 모닥불에 장작을 마구 집어넣어 불을 크게 만들었다.

"솔개 잡아서 이 모닥불에 구워 먹으면 맛있을까?"

"몰라."

별생각 없이 떠오르는 대로 지껄이긴 했지만 이시타니가 너무나 쌀쌀맞게 딱 두 글자로 대답하는 것이다.

왠지 분해서 세 글자로 되물었다.

"그렇지?"

그로부터 이시타니와 나는 언제 우리를 덮칠지 모르는 식중독의 공포에 마음을 졸이며 오로지 미야지마를 괴롭히기 위해 위스키를 계속 들이켰다.

한편 미야지마는 자기만 술을 마실 수 없다는 데에서 느끼는 스트레스와 곰팡이를 먹지 않았다는 우월감 사이를 오가며 잎과 줄기와 뿌리뿐인 찌개를 혼자 느릿느릿 먹고 있었다.

세 사람의 머리 위를 떠도는 이 미묘하게 바보스러운 긴장감으로 우리는 평소답지 않게 과묵했다.

그때.

바다 쪽에서 검정색 잠수복을 입은 할머니가 걸어왔다.

해녀인가?

손에 든 그물 속에 전복, 소라, 문어 등 호화로운 단백질이 잔뜩 들어 있는 게 보였다.

"어이, 총각들, 미안허이. 모닥불에 몸 좀 녹였다 가도 되려나?"

할머니가 사근사근한 미소를 지으며 물었다.

"예? 아아, 그럼요. 이리로 오세요."

차가운 바다에서 막 올라온 해녀 할머니는 얼마나 추운지 와들와들 떨고 있었다. 우리는 할머니께 빈약하기 그지없는 식물 찌개를 대접했다.

해녀 할머니는 두 눈이 안 보일 만큼 함박미소를 지으며 "고마우이. 이건 맛있는 찌개에 대한 보답이야"라며 갓 잡은 저칼로리 고단백질의 문어를 한 마리 통째로 선물했다. '새우로 도미를 낚는다'는 속담처럼, 우리는 '식물뿐인 찌개로 문어'를 낚았다.

나쁘지 않다. 볏짚으로 시작하여 연이은 물물교환으로 마지막에 저택을 얻어낸 옛날이야기 속 주인공처럼 해보고 싶어진다.

살짝 흥분한 나는 문득 생각난 김에 곰팡이 문제에 대해 해녀 할머니께 상담을 요청했다. 이른바 '할머니의 지혜'를 기대한 것이다.

"있잖아요, 할머니."

"응?"

"전혀 관계없는 이야기이긴 한데요, 곰팡이 핀 빵을 먹었을 경우엔 어떻게 하는 게 좋을까요?"

"곰팡이 핀 빵?"

해녀 할머니가 의아스러운 표정으로 이쪽을 보았다.

"네. 어쩌다 먹어버렸거든요. 하얀 곰팡이가 핀 빵을요."

해녀 할머니는 타닥타닥 터지는 모닥불에 양손을 쬐면서 고개를 기울인 채 한참 동안 생각에 잠겼다.

이시타니와 나는 한일자로 꼭 다문 할머니의 입이 열리기만을 그저 가만히 기다릴 수밖에 없었다.

20초 정도 지났을 때 그 입술이 파르르 움직였다.

"그때…… 요시로 씨가…… 곰팡이 먹고…… 죽었지 아마……."

혼잣말이라 목소리가 작았지만 내 귀에는 틀림없이 그렇게 들렸다.

(요, 요시로 씨……, 죽었어요?)

별안간 배가 쿡쿡 쑤시듯 아파오기 시작했다.

"하, 할머니, 정말이에요?"

이시타니의 얼굴도 굳어졌다.

해녀 할머니는 그런 우리를 완전히 무시하고 "어이차" 하면서 일어나 어획물이 잔뜩 든 그물을 어깨에 짊어지고 그대로 발길을 돌리려 했다.

"어?"

"자, 잠깐만요……."

이시타니와 나도 황급히 일어났다.

"저, 저기, 할머니. 곰팡이 먹고 죽었다는 거, 정말이에요?"

나는 매달리는 심정으로 할머니의 자그마한 등을 향해 물었다.

그러나…….

"아~, 으~응 곰팡이는~ 보통 안 먹잖아~, 응, 역시 곰팡이를 먹으면, 안 되겠지~."

혼자 중얼중얼 이렇게 말하면서 또 자리를 뜨려 한다.

"머, 먹으면 안 된다는 건 우리도 압니다. 그냥, 그 요시로 씨가 결국 어떻게 됐는지, 그것만이라도 알고 싶어요."

이시타니도 당황했는지 새된 목소리로 말했다.

"아~, 요시로 씨…… 말이지~. 그 사람은~ 으~음 뭐더라~."

이렇게 뜻이 안 통하는 말을 중얼거리면서 해녀 할머니는 결국 종종걸음으로 사라졌다.

"……."

"……."

나는 물가에 선 채 이시타니를 보았다.

녀석도 나를 보고 있었다.

여덟팔자가 된 눈썹이 '어, 어쩌지……'라고 말하는 듯했다.

이제야 겨우 분위기를 읽은 미야지마가 멍하니 서 있는 우리에게 툭 한마디 던진다.

"너네 괜한 걸 물었네."

밀려오는 파도 소리가 왠지 오싹하게 들렸다.

나는 생각했다.

요시로 씨…… 아무쪼록 살아 있어주세요.

그보다, 정말로 곰팡이 먹었어요?

먹었다면, 하얀 곰팡이?

아니, 요시로 씨, 당신은 실존 인물인가요?

이시타니와 나는 굉장히 불안하면서도 뭔가 석연치 않았다. 우리는 할 수 없이 그 수상한 살균 효과에 한 가닥 희망을 걸고 다시들이켜듯 위스키를 마셨다.

아무리 마셔도 몸속 한가운데가 서늘하여 좀처럼 취하지 않는건 요시로 씨 때문…… 아니, 의미심장한 말을 남기고 떠난 그 해녀 할머니 때문일까?

•-*•-*-•-*-•

그날 밤 맨 정신인 미야지마가 운전해서 이시타니의 아파트에무사히 도착했다.

우리는 해녀 할머니께 받은 문어를 당장 꺼내어 소금 치고 잘문질러서 살짝 데치고 대충 썰어 접시에 담았다.

"우오옷, 단백질이다!"

문어를 앞에 놓고 한목소리로 기뻐한 이시타니와 나의 위장은 아직 건강하다. 어쩌면 정말로 위스키의 살균 효과 덕분인지도 모른다.

"그런 의미에서 한 번 더 살균하자!"

신선한 문어 안주에, 저렴한 니혼슈(日本酒)다.

"미야지마, 오늘 여기서 자고 가. 내일 일정에 맞게 출발하면 되잖아."

집주인인 이시타니의 제안에 나도 동의했다.

"그래. 그럼 너도 마실 수 있잖아."

"그렇지? 응, 그래도 되겠지?"

"자, 다시 건배다."

"오우!"

건강에 전혀 관심이 없는 복서 삼총사는 이번엔 단백질뿐인 접시를 가운데 두고 싸구려 술을 치켜들었다.

"요시로 씨를 위하여, 건배!"

"아하하하. 건배!"

쩽 쩽 하고 컵을 맞부딪친 순간 즐거운 연회의 막이 화려하게 열렸다.

너구리의
보은

미에(三重) 현에 내가 좋아하는 강이 몇 군데 있다. 모두 자그마한 2급 하천이지만 유역의 숲이 풍요로워서인지 수량도 넉넉하고 흐름도 숨이 멎을 만큼 아름답다.

어느 여름날 나는 그 아름다운 강들을 하나하나 훑으며 돌아보는 여행을 해보기로 마음먹었다.

아침에 일어나서 잠수복을 입고 유리구슬 색깔의 물에 들어가 놀다가, 몸이 떨릴 정도로 추워지면 강에서 나와 남쪽으로 차를 달린다. 도중에 온천이 나오면 들어가서 몸을 데우고 나와 또 다음 강을 향해 달린다. 밤에는 별이 가득한 하늘 아래에 모닥불을 피워놓고 맥주를 쉴 새 없이 마셔댄다.

이 이야기를 친구에게 했더니 "너, 나이 스물에 벌써 불알이 약해졌냐?"라고 한다. 무슨 뜻인지 확실히 몰라서 "내가 왜?"라고 되묻자, 그제야 "바보, 그거 금냉법이잖아!"라고 가르쳐준다.

친구 말로는 허약한 고환에 뜨거운 물과 차가운 물을 교대로 끼얹는 단련법이 있는데 그걸 금냉법이라고 한단다.

"그렇구나. 얼마나 강해지는지 한번 시험해보겠어."

나는 이런 우스갯소리를 지껄이면서 미쓰비시 델리카의 액셀을 밟고 미에 현으로 향했다.

다음 날 아침.

나는 예정대로 미네랄워터처럼 맑은 강으로 뛰어들었다.

수중마스크를 쓰고 강바닥까지 내려가니 무수한 은어들이 은비늘을 반짝반짝 빛내며 바위틈에 자란 이끼를 먹고 있었다.

징거미새우랑 황어를 손으로 잡으면서 노는데 새까맣게 그을린 동네 아이들이 하나둘 들어와 신나게 헤엄치기 시작했다.

"얘들아, 나 좀 봐봐."

나는 그렇게 말하여 아이들의 관심을 끈 후 물속으로 첨벙 들어가 암벽 아래 틈 사이에 숨은 커다란 잉어를 꼭 껴안고 수면 밖으로 나왔다.

"자, 물고기다."

크게 외치면서 양손에 든 잉어를 아이들이 있는 얕은 여울을 향해 던졌다.

"까아!"

"대박!"

"맨손으로 어떻게 잡아요?"

"으하하하. 알고 싶어?"

"네! 알고 싶어요!"

"가르쳐주면 좋겠어?"

"네! 가르쳐주세요!"

눈이 초롱초롱한 꼬마들이 모두 내 부하가 되었다.

그 이후로 나는 부하들에게 동전을 쥐여주고 주스를 사 오라고 심부름을 시키거나, 물고기랑 새우를 손으로 잡는 방법 따위를 가르쳐주면서 한가로이 놀았다.

물고기를 맨손으로 잡는 방법은 간단하다.

우선 수면을 철벅철벅 쳐서 물고기를 놀라게 하여 바위 아래 틈에 숨게 한다. 물고기가 도망쳐 들어간 틈으로 손을 조심스레 넣고 양손으로 물고기의 위치를 확인한다. 물고기를 잽싸게 바위 쪽으로 눌러 움직이지 못하게 했다가 손에 힘을 주고 꽉 잡는다. 물고기가 커서 잡기 힘들 땐 아가미 안에 손가락을 하나 찔러 넣어 도망치지 못하게 한다.

물고기를 손으로 잡는 건 어린아이에겐 어려운 기술이지만 초등학교 5학년쯤 되는 날렵한 아이에게 목장갑을 빌려주면 쉽게 잡아 올리곤 한다.

제법 멋지게 생긴 황어를 양손으로 잡아 머리 위로 올리고 "우오옷, 잡았다!" 하고 우렁차게 외친 소년은 오늘 하루 영웅 대접을 받는다. 밤이 되어 이불 위에 누워도 가슴이 뛰어 잠을 이루지 못하리라.

아침부터 헤엄치며 놀았더니 점심때가 되기도 전에 불알이 쪼그라들고 몸이 꽁꽁 얼어붙었다. 나는 아쉬워하는 부하들의 어깨를 톡톡 두드리면서 "여름방학에 공부만 하면 바보 같은 어른이 돼. 강에서 실컷 놀아. 알겠지?"라는 말을 남기고 차에 올랐다.

그리고 쭉 남쪽으로.

목적지는 과거에 몇 차례 방문한 적이 있는 온천이다.

42번 국도에서 내륙 쪽으로 약간 들어간 곳에 있다.

수질이 뛰어나고 치료 효능도 손에 꼽을 정도라는 명성에 걸맞게, 평일 낮부터 중장년층 손님들로 북적였다.

온천에 들어가니 역시 손님들의 신체에서 꽤 높은 확률로 수술 흔적이 발견되었다. 그들은 '치료'를 목적으로 작정하고 찾아온 사람들이었다. 나처럼 팔팔한 젊은이가 다리 사이를 팔팔하게 만들려고 탕에 들어가려니 적잖이 송구스러웠다.

불알도 몸도 따끈따끈해진 나는 탕 밖으로 나와서 온천 아주머니에게 주스를 샀다.

"아주머니, 주스 주세요."

"못 보던 총각이네. 어디서 왔나?"

"지바(千葉)요."

"어머나, 도쿄에서 여기까지."

"아뇨, 도쿄가 아니라 지바예요."

"그러니까 도쿄 지바잖아."

"……그런 느낌이긴 하지만."

지방을 떠돌면서 몇 번이나 이런 대화를 나눈 적이 있다. 사람들의 머릿속에 '간토(關東)=도쿄'라는 등식이 성립되어 있는 모양이다. '지바에 사는 젊은이=서퍼'라는 고정관념도 자주 접한다.

이 아주머니는 무표정일 때도 웃는 것 같은 얼굴이어서 호감이 갔고, 성격도 무척 싹싹하고 쾌활한 분이었다. 나는 주스를 한 손에 들고 한참 동안 아주머니와 잡담을 나눴다.

어쩌다 동물 이야기가 나왔는지는 몰라도, 아주머니가 내게 이런 질문을 했다.

"총각은 동물 좋아해?"

생긋 웃는 듯한 초승달 모양의 눈으로 나를 쳐다보았다.

"좋아해요."

"어머나, 그래?"

가뜩이나 웃는 상에 더 큰 웃음이 담겼다.

"나도 동물을 정말 좋아하는데, 그 때문인지는 모르겠지만 너구리가 배 두드리는 소리를 몇 번이나 들었어."

응?

물론 내 귀를 의심했다.

"너구리가 북 치듯이 자기 배 두드리는 소리를 들었다고, 몇 번이나."

"에?"

뭐, 뭐라고요?

어릴 적에 매주 〈일본의 옛날이야기〉라는 애니메이션을 즐겨 보았고, 하굣길에 '너너너구리의 불알은~ ♪'으로 시작하는 노래를 큰 소리로 부르기도 했다.

그런 나조차도 믿을 수 없는 이야기다.

"에이, 아줌마는 농담도 잘해서."

나는 가볍게 장난으로 받아들이려 했다. 그런데 아주머니가 갑자기 정색을 했다(그래도 여전히 웃는 얼굴이었지만).

"아냐, 정말이라니깐. 저기 뒷산 꼭대기 쪽에서 고운 북소리가 들리는 거야."

"아하하. 그런 진지한 얼굴로 나를 놀리시다뇨?"

"아니야, 정말, 정말이라니까. 그게 말이야, 내가 살려준 너구리가 은혜에 보답하는 뜻으로 들려주는 것 같아."

"은혜에 대한 보답?"

"응. 보답."

그때 아주머니가 들려준 이야기의 전말은 이러했다.

몇 년 전 몸에 상처를 입은 너구리 한 마리가 아주머니 앞에 나타났다.

동물을 좋아하기로 유명한 아주머니는 물론 그냥 내버려두지 못하고 데려와서 치료해주고 상처가 나을 때까지 돌봤다. 완전히 건강해진 걸 확인하고 나서 온천 뒷산에 놓아주었다.

그날 밤 산꼭대기 쪽에서

통통통♪

통통뾰롱♪

'치비마루코짱'이 들으면 얼굴이 새파래질 만큼 너무나 아름다운 북소리가 들렸다.

아주머니는 자신이 살려준 너구리가 은혜에 대한 보답으로 배를 두드려 북소리를 내준 거라 생각하고 깊이 감동하면서 귀를 기울였다.

너구리의 북소리는 그날 밤 이후로 가끔 들렸다고 한다.

"그랬군요, 정말 훈훈한 이야기네요. 믿고 싶어지긴 합니다……만, 너구리의 북소리는 전래동화라든지 만화 속 세상에서나 들을 수 있지 않나요?"

아무래도 믿을 수 없는 건 내 성격이 나쁜 탓일까?

"총각은 그렇게 생각하지만 저 뒷산 꼭대기에서 틀림없이 들렸다니까. 산에 올라가서 북을 칠 만큼 별난 사람이 있을 것 같지도 않고."

아주머니가 가리킨 뒷산은 그리 높진 않아도 빽빽한 덤불로 뒤덮여 있어서 일반인이 쉽게 오를 만한 산은 아니다.

"정말로 저 산꼭대기에서 들렸어요?"

"진짜라니까."

"틀림없는 북소리였어요?"

"틀림없어. 마음을 울리는 고운 음색이었지."

아주머니의 시선이 저 멀리 뒷산을 향했다.

그 표정을 보니 거짓말은 아닌 것 같았다.

"으~음. 너구리의 보은이군요……"

아주머니가 이렇게까지 주장하니, 일단 그 비슷한 소리를 산 쪽에서 들었다……는 것까지는 믿기로 했다. 정말로 너구리가 낸 소리인지 아닌지는 덮어두고.

"총각, 이 세상엔 신비로운 일이 의외로 많다네."

아주머니가 어리석은 아이를 깨우치듯 말했다.

"신비로운 일이요?"

"응. 나는 하얀 솔개도 본 적이 있어."

"솔개라면, 날아다니는 솔개요?"

"응. 신기하지? 틀림없는 솔개였어."

68

그건 있을 수 있는 이야기다. 선천적으로 색소가 결핍된 돌연변이, 즉 '알비노'일 것이다. 하얀 뱀, 하얀 사자, 하얀 호랑이나 까마귀도 발견되었다. 알비노는 안구의 검은자위 부분에도 색소가 희박하여 안구 속 혈액 색깔이 겉으로 드러나 눈동자가 적색으로 보이는 특징이 있다.

"그 솔개, 눈이 빨갰죠?"

"눈은 못 봤는데."

"그렇구나. 그건요……."

내가 알비노에 대해 설명하니 아주머니도 충분히 납득한 표정으로 응응 하고 몇 번이나 고개를 끄덕였다. 하지만 그다음에 튀어나온 대사는 또다시 내가 이해할 수 있는 선을 넘어서고 말았다.

"알비노는 알겠는데 그럼 도깨비불은 뭐야?"

"도깨비불이요?"

"응. 한밤중에 파르께한 불이 요리조리 흔들리다가 둥실둥실 날아가는 걸 두 번이나 봤어."

"옛? 진짜요?"

"정말이야. 바로 저기서 날아다녔어."

아주머니는 내 바로 뒤를 손가락으로 가리켰다.

무엇 때문인지 여태껏 밝기만 했던 아주머니의 목소리가 갑자기 어두워졌다. 뭔가 아주 불길한 사건을 떠올린 듯 미간을 찌푸리고 시선마저 불안하다.

아주머니가 갈라진 목소리를 잔뜩 낮추고 말했다.

"너구리의 북소리나 하얀 솔개는 좋은데, 도깨비불만큼은 두 번 다시 보고 싶지 않아."

나는 실례라고 생각하면서도 큭 하고 웃고 말았다. 너구리의 북소리를 기쁜 마음으로 듣는 아주머니도 역시 도깨비불은 무서운 모양이다.

"누구든 마찬가지 아니겠어요? 도깨비불은 좀 으스스하죠."

그다음 순간 나는 오늘 들은 것 중 가장 낮고 갈라진 아주머니의 목소리를 들었다.

"응, 으스스하고 무서워. 그걸 본 다음 날, 꼭 이 근처 누군가가 죽었거든."

"……."

춥지도 않은데 거시기가 잔뜩 쪼그라든 나는 금냉법을 위해 다시 온천에 들어가야 했다.

애수의 UFO
〈첫 번째 이야기〉

유감스럽게도 내 머릿속 하드디스크는 옛날부터 용량이 무척 작은 듯하다.

유치원 시절의 경험을 거의 아무것도 기억하지 못한다. 혹여 기억한다 해도 대부분 초점이 맞지 않는 사진처럼 흐릿하고 단편적이다.

고교 시절에는 '건망'이라는 별명을 얻은 적도 있다. 밝히고 싶진 않지만 건망증의 그 '건망'이다. 그런 나도 그 당시 피부로 느낀 공기나 분위기까지 선명하게 기억하는 유아기의 체험이 있는데, 대표적인 것이 유치원생일 때 겪었던 경천동지할 대사건, 오렌지색으로 빛나는 비행물체 UFO를 목격한 일이다.

유치원생이었을 때 내가 살던 집엔 캐치볼이 가능할 정도로 넓은 정원이 있었다. 거기서 이웃 친구들과 '높이술래잡기'를 하고 있었다. '높이술래잡기'란 지면보다 높은 곳에 올라가면 술래가 잡을 수 없다는 변칙적인 룰이 추가된 술래잡기였다.

계절은 겨울. 서서히 해가 지려는 시각이었다.

그때 나는 술래한테 쫓기다가 콘크리트 베란다로 훌쩍 뛰어올랐다. 술래는 나를 포기하고 다른 친구를 잡고자 방향을 돌렸다. 베란다 위에서 술래의 등을 보던 내 시선이 문득 남쪽 하늘로 향했다. 해질녘의 하늘이 무척 아름다웠다.

화창하게 갠 저녁 하늘에 둥실둥실 뜬 구름들이 석양을 받아 형광 오렌지색으로 빛났다. 눈이 부실 정도였다. 어린 마음에도 그 색채에 감동한 나는 넋을 잃고 하늘을 바라보았다.

그때.

"응……?"

바라보던 남쪽 하늘에서 묘한 움직임을 보이는 물체를 발견했다. 그 물체는 주변 구름과 같은 오렌지색으로 빛나고 있었다. 쌀알 정도 크기였다. 꽤 멀리 있는 것 같았다.

신기하게 생각한 나는 친구들을 불러 모았다.

"잠깐, 타임! 야, 저거 봐봐, 저거."

말하면서 남쪽 하늘을 가리켰다.

"저것 봐. 오렌지색 나는 쪼그만 거."

"앗, 오렌지색 구름이 움직이네."

"구름이 아니야. 잘 봐봐. 좀 이상하게 날잖아."

"우왓, 진짜다. 뭐지? 저거."

그 물체는 '십자'를 그리며 날고 있었다.

십자 중심에서 위로 갔다가 다시 중심으로 돌아온다. 그다음에는 오른쪽으로 날았다가 다시 중심으로. 이걸 위, 오른쪽, 아래, 왼쪽 순으로 반복했다. 꽤 빠른 속도로.

형태는 '아몬드 모양'인데 실제 아몬드보다는 조금 납작했다.

"저거, 뭐지?"

우리는 제각기 한마디씩 했다.

"UFO일지도 몰라."

"응, 맞아, 틀림없어."

"비행기는 아니야."

우리는 오렌지색으로 빛나는 비행물체를 한동안 흥미진진하게 바라보았다.

하지만 시간이 지남에 따라 우리의 작은 가슴에 뭐라 표현하기 힘든 공포가 서서히 싹텄다.

당연하다…….

먼 하늘에 떠 있어 작아 보였던 물체가 점점 커진 것이다.

처음에 내가 발견했을 때와 비교하면 이미 몇 배의 크기가 되어 버렸다.

쌀알에서 땅콩으로. 땅콩에서 아몬드로. 그리고 달걀 크기로…….

물체는 기묘한 십자 비행을 반복하면서 명백히 우리 쪽으로 다가오고 있었다.

"위, 위험해. 외계인이 우릴 봤는지도 몰라."

"이쪽으로 다가와."

"어떡해? 붙잡히면 납치당할 거야."

어린 우리는 자꾸만 부풀어 오르는 망상에 급기야 허둥거리기 시작했다.

"아키오, 아줌마 아직 안 오셨어?"

"응, 아직."

그날 엄마는 가까이 사는 친척을 만나러 나가서 우리끼리 집을 지키고 있었다.

즉, 집에 의지할 만한 어른이 아무도 없는 것이다.

"앗! 더 커졌어……."

"큰일이야. 이쪽으로 오고 있어."

"아키오, 어떻게 해?"

그 당시엔 내가 골목대장이었기에 크고 작은 위기 상황이 닥칠 때마다 친구들이 모두 날 의지하곤 했다.

"이, 일단 숨자. 그래, 고타쓰 안에 들어가 있으면 못 찾을 거야."

숨바꼭질이 외계인에게도 통할지 지금 생각하면 심히 의심스럽긴 하지만, 아무튼 우리는 황급히 신발을 벗어 던지고 거실에 있는 고타쓰 안으로 도망쳤다.

고타쓰 안은 어두워서 더 무서웠기에 당장 스위치를 켰다.

고타쓰 안에 오렌지색 불이 들어오고 서로의 얼굴을 알아볼 수 있게 되자 조금 안심이 되었다.

그러면서도 나는 한 가지 불길한 생각에 사로잡혔다. 고타쓰 안의 발열하면서 빛나는 부분이 아몬드 모양이었다.

게다가 그 빛이 오렌지색!

그 우연의 일치에 일말의 불안감을 느끼지 않을 수 없었다.

우리는 한동안 숨죽인 채 고타쓰 안에 가만히 숨어 있었다.

당장이라도 정원 쪽 창문이 드르륵 열리고 밖에서 외계인이 '철퍼덕 철퍼덕 철퍼덕~' 하고 들어올지도 모른다는 생각에 초조해서 견딜 수가 없었다.

그 당시 아이들에게 외계인이라고 하면 문어나 해파리처럼 흐물흐물하고 다리가 많은 생물이라는 선입관이 있었다. 그래서 걷는 소리가 철퍼덕 철퍼덕 철퍼덕~인 것이었다.

문어 해파리 계열의 외계인을 만화에서 봤다면 웃음이 나오겠지만, 막상 진짜 외계인이 눈앞에 나타난다고 상상하니 유치원생인 우리는 무서워서 견딜 수 없었다.

머리랑 엉덩이까지 보이지 않게 고타쓰 안에 숨은 건 다행이었지만 언제까지고 거기 들어가 있을 수는 없었다. 유치원생이라도 좁은 고타쓰 안에 네 명이나 들어가면 움직일 수 없어 답답하고 무엇보다 시간이 지남에 따라 점점 더워졌다. 특히 얼굴이 뜨거워서 미칠 지경이었다. 머리까지 지끈지끈해지면서 뇌가 녹아버릴 것 같았다.

온도를 '약'에 맞춰봤지만 이미 언 발에 오줌 누기였다.

"아, 더워……."

"못 참겠어."

"하지만 밖에 나가면 외계인이 있을지도 몰라."

"……"

모두 대장인 내 얼굴을 보았다.

"조, 좋아, 그럼 가위바위보로 하자. 진 사람이 나가보는 거야. UFO가 다른 곳으로 갔을지도 모르잖아."

괴로운 나머지 내가 먼저 제안하자, 그렇지 않아도 갑갑한 고타쓰 안에 더욱 무거운 긴장감이 내려앉았다.

당연하다. 이 가위바위보에서 지면 목숨을 잃을지도 모르는 것이다.

"그럼, 한다."

그렇게 말하고 나는 모두의 심각해진 얼굴을 둘러보았다.

가위바위,

보!

아으윽!

나는 내 손을 응시한 채 나의 운명을 저주했다.

가위바위보 따위 하는 게 아니었다.

선인의 가르침을 새겨들었어야 했다. 말을 꺼낸 사람이 지는 것이었다.

ㅇㅇㅇ……

다른 세 친구는 이겼지만 아무도 승리를 기뻐하지 않았다. 오히려 슬픔이 감도는 눈으로 패자인 나를 가만히 바라보았다.

안녕, 아키오…….

언제까지나 널 잊지 않을게…….

분명 그런 눈빛이었다.

아아, 그렇구나……. 나는 이제 외계인에게 납치되는 건가. 아니면 죽거나, 기계인간이 되어 조종당하는 건가.

나는 당장이라도 울음을 터뜨리고 싶었지만 필사적으로 용기를 짜내어 고타쓰 이불 밖으로 얼굴을 살짝 내밀고 바깥을 살폈다.

응?

아무도 없네.

……괜찮을지도.

나는 조금 안심이 되어 고타쓰 밖으로 훌쩍 나와보았다. 바깥의
시원한 공기를 마셨더니 저절로 후우 하고 한숨이 나왔다.

조심조심 미닫이문 틈으로 정원 쪽 창문을 살펴려던 순간.

드르륵!

등 뒤에서 갑자기 부엌 쪽 미닫이문이 열렸다.

"허어어억!"

나는 기겁한 나머지 그만 엉덩방아를 찧고 말았다.

공포에 질려 목소리조차 내지 못하고 조심조심 뒤를 돌아보는
데……

"……?"

어리둥절한 표정의 엄마가 눈을 멀뚱멀뚱 뜨고 서 있었다.

친척 집에서 돌아온 것이다.

"왜 그렇게 놀라? 뭐하고 있었어?"

그 순간 눈물 스위치가 켜질 것 같았다.

사, 살았다……

하지만 나는 대장으로서의 자존심을 지키기 위해 필사적으로
눈물을 참으며 고타쓰로 기어가서 이불을 걷고 안에 있는 아이들
을 불러냈다.

"이제 괜찮아. 우리 엄마 왔어!"

숨을 죽이고 내가 외계인에게 끌려갈 순간을 상상했을 친구들이 크게 기뻐하며 고타쓰에서 나왔다.

그걸 본 엄마가 한층 더 미심쩍은 얼굴을 했다.

"고타쓰에는 왜 들어갔어? 이렇게 땀까지 흘리면서."

나는 엄마에게 여태까지 있었던 일을 털어놓으려 했다.

"있잖아, 엄마, 아까……."

엄마가 갑자기 무슨 생각이 난 듯 내 말을 가로막았다.

"아, 마침 잘됐다. 아줌마가 아이스크림 사 왔거든. 하나씩 나눠 먹어라."

엄마는 손에 든 비닐봉투에서 쭉쭉 빨아 먹는 아이스를 꺼냈다.

"신난다!"

우리 유치원생들은 외계인의 공포를 깡그리 잊고 눈앞에 있는 아이스의 매력에 마음을 홀라당 뺏겼다.

하지만 그 기쁨도 한순간의 꿈일 뿐이었다.

"어……."

"으……."

각각 손에 든 아이스 포장지를 보고는, 넷 다 겁먹은 시선으로 우리 엄마를 쳐다보았다.

"응? 왜?"

엄마는 그런 우리를 보고 고개를 갸우뚱했다.

"나, 나는 집에 갈래……."

"나도."

"나도 갈래."

모두 아이스를 내팽개치고는 앞다퉈 도망가버렸다.

나는 베란다로 나가 신발을 신는 친구들의 얼굴에서 다시금 그 '슬픈 눈빛'을 보았다.

안녕, 아키오…….

언제까지나 널 잊지 않을게…….

"자, 잠깐, 얘들아, 기다려봐!"

나의 외침은 허무하게 메아리쳤다.

그리고…….

나는 '엄마 같은 생물'과 단둘이 되었다.

째깍, 째깍, 째깍…….

벽시계 소리가 유독 크게 울렸다.

내 손에 차갑고 동그란 오렌지색 아이스가 있었다.

그 포장지를 다시 한 번 말끄러미 응시했다.

거기에 분명 이렇게 적혀 있었다.

〈UFO 아이스〉

"다들 왜 그러냐? 먹을 걸 마다하고."

엄마 같은 생물이 바닥에 떨어진 아이스를 주우며 나를 힐끗 흘겨보았다.

"넌 먹을 거지?"

"머, 머, 먹겠습니다……."

동네에서 유명한 문제아였던 내가 무의식중에 높임말을 쓰고 있었다.

그로부터 1주일 정도 지날 때까지 나는 엄마 같은 생물이 하는 말은 뭐든 잘 듣고, 단둘이 있는 시간을 최대한 피하려고 노력했던 기억이 난다.

그리고 지금.

나는 아직 지구에서 잘 살고 있으니 엄마 같은 생물은 외계인이 아니었던 게 분명하다.

건강검진 때 엑스레이를 찍어봤지만 체내에 수상한 칩 같은 건 박혀 있지 않았고, 갑자기 괴상한 언어로 지껄이지도 않는다. 나는 지금 보통 지구인으로서 그럭저럭 성실하게 생활하고 있다.

※ '성실하지 않잖아?'라는 반론은 기각합니다.

실제로 있었던 일인데도 불구하고 결말이 뻔한 탓에 아무도 사실로 믿어주지 않는다. 진지하게 들어주던 사람도 도중에 'UFO

아이스'라는 단어가 나오자마자 "뭐야, 지어낸 이야기지?"라면서 상대해주지 않는다.

그런데 딱 한 사람 믿어주는 친구가 있다.

괴팍하기로 유명한 대학 시절 친구, '아폴로'(별명)다.

왜 아폴로는 믿어줬을까?

ㅁㅎㅎㅎㅎㅎ

사실은 타이밍이 절묘했기 때문이다.

그 이야기를 하고 있는 동안, 우리 머리 위에 UFO가 떠 있었다.

애수의 UFO

〈두 번째 이야기〉

그 사건은 1989년 어느 여름밤에 일어났다.

대학 시절 친구인 아폴로와 나는 지바 현 다테야마(館山) 시에 있는 '오키노시마(沖ノ島)'라는 육계사주의 실루엣을 바라보며 제 방에 걸터앉아 캔맥주를 벌컥벌컥 마시고 있었다. 해상 자위대의 다테야마 항공기지 바로 뒤편이라 그런지 근처에 우리 말고는 아무도 없었다.

지금은 관광지로 개발되어 여행객들로 붐비는 편이지만, 당시에는 여름 휴가철에도 거의 사람이 찾지 않는 비밀스러운 곳이었다.

우리는 그 한적하고도 깨끗한 바다에서 일출과 동시에 스노클링을 즐기고, 이따금 맥주를 마시고, 또 물에 들어가고, 밤이 되면 또 맥주를 마시고, 술 취해서 자고, 다음 날 아침이 되면 또 바다로 뛰어들고, 바다에서 나오면 맥주를 마시는, 너무나 바보스러운 대학생답기 그지없는 여름방학을 만끽할 예정이었다.

제방에 걸터앉은 채 벌써 몇 캔째인지 모를 빈 깡통을 으스러뜨린 우리는 거나하게 취한 상태로 수건을 둘둘 말았다. 그 수건을 베개 삼아 해변을 따라 뻗은 콘크리트 제방 위에 벌렁 드러누웠다.

바람이 적당히 불고, 밤하늘에 달은 없었다.

'밤하늘'이라기보다 '우주'라고 부르고 싶어질 만큼 별이 많았다. 우리는 그런 하늘 아래에 있었다.

"별 개수가 장난 아니다. 은하수도 보여"라고 내가 말했다.

"진짜 예뻐."

이 대사가 귀여운 여성의 입에서 나온 게 아니라 다혈질의 고베(神戶) 출신 불량 청년의 입에서 나왔다는 사실이 무척 유감스럽긴 했지만, 그 안타까움을 상쇄하고도 남을 만큼 아름다운 하늘에 나는 순수하게 감동하지 않을 수 없었다.

"어, 저기 봐, 저기 인공위성이 보여."

"어, 어디어디?"

"저기, 저기야."

아폴로가 손가락으로 가리키는 쪽을 보니 별과 비슷한 크기로 번쩍 빛나는 물체가 은하수를 천천히 건너고 있었다.

"오오, 보인다, 보여. 꽤 빠른 속도로 나네……."

"그러게."

두둥실 부드러운 바닷바람이 불어와 면 티셔츠 소매를 펄럭였다. 차르르 귀에 감기는 파도 소리가 배경음악처럼 우리를 감쌌다.

주변에 사람 하나 없다.

"아, 별똥별."

"방금 떨어졌지?"

이만큼 로맨틱한 조건이 갖춰지면 지금 함께 있는 사람이 아폴로라는 사실이 더욱 애석해진다. 아니, 부아가 치민다.

"아폴로, 너 왜 남자야?"

"엉? 고추가 달려 있으니까 남자겠지?"

"바보, 그게 아니라, 이렇게 로맨틱한 곳에 내가 왜 양아치 같은 녀석이랑 함께 있어야 하느냐 말이지."

"헐, 그건 내가 하고 싶은 말이다."

"아~아, 네 다리 사이에 쓸데없는 게 달려서⋯⋯."

"뭐라는 거야? 그럼 다리 사이에 이게 없다면 나를 사랑할 거냐?"

이 질문이 핵심을 찔렀다.

"⋯⋯으윽, 그건 무리겠지."

"나도 무리."

이런 하찮은 대화를 나누며 시시덕거리던 중에 갑자기 아폴로가 "으앗, 모리사와~앗!" 하고 부르짖으며 벌떡 상체를 일으켰다.

엣?

이놈, 설마 나를 덮칠 셈인가······라는 생각에 한순간 소름이 끼쳤지만, 물론 그런 악몽 같은 일은 일어나지 않았고, 그와는 다른 꿈같은 현실이 눈앞에 전개되었다.

"어이, 저기 봐봐! 저거 UFO 아냐?"

아폴로의 급박한 목소리에 나도 몸을 일으켰다.

"어, 진짜? 어디?"

"저기 봐, 저거야 저거!"

"어, 어디? 어딘데? 모르겠어."

"저기라고, 저기!"

아무리 봐도 모르겠기에 나는 아폴로의 등 뒤로 돌아가 손가락이 가리키는 방향을 가만히 응시했다.

"잘 봐, 저기 큰 별 보이지?"

"응, 보여."

"거기서 비스듬하게 오른쪽 위야. 자세~히 봐봐."

시키는 대로 자세~히 봤더니 내 입에서도 고함 소리가 튀어나왔다.

"으아아아아앗! 뭐야, 저거!"

"보여?"

"응, 보여!"

"저게 뭐지?"

"내가 알아?"

그건 미확인비행물체라고 말할 수밖에 없는 형상이었다.

"아무리 봐도 UFO지?"

"그렇게 볼 수밖에 없겠는데?"

"그렇지?"

"으응."

아폴로와 나는 얼굴을 마주 보았다가 다시 밤하늘을 올려다보았다.

그 물체는 일등성 빰칠 정도로 반짝였다. 요리조리 불규칙적으로 돌면서 급발진과 급정지를 반복했다. 정지했을 때는 조금 큰 별로 보였지만, 끊임없이 조급하게 날아다니는 걸 보면 역시 별은 아니었다.

"어, 엄청나다……."

"너무 잘 보이잖아……."

우리는 단정치 못하게 입을 헤벌린 바보 얼굴로 한참 동안 그물체를 바라보았다.

이따금 별똥별이 밤하늘을 슈웅 가로질렀지만 이제 그런 건 아무래도 좋았다. 제방 위에 책상다리로 앉은 우리는 머리 위를 날아다니는 UFO에서 한시도 눈을 떼지 못했다.

발견한 뒤로 시간이 얼마나 흘렀을까.

문득 아폴로가 중얼거렸다.

"계속 위를 쳐다보고 있으니 목이 아파."

"맞아. 누워서 볼까?"

"그럴까?"

우리는 다시 수건 베개에 머리를 놓고 제방 위에 드러누워 편안한 자세로 UFO를 관찰하기로 했다.

"모리사와, 너 카메라 없어?"

"왜?"

"바보냐? UFO 증거사진 찍으려고 그러지!"

"바보는 너네. 비디오가 아니면 움직이는 걸 못 찍잖아."

"아…… 그러네. 아깝다, 이런 좋은 기회에."

이런 대화를 나눴는데, 지금 생각하니 고감도 장시간 노출로 찍으면 UFO의 신비로운 궤적이 찍혔을지도 모르겠다.

우리는 하늘을 보고 누운 채 한 시간 정도 UFO를 쳐다보았다.

그런데 일반적으로는 절대 있을 수 없는 변화가 우리 마음속에 생기기 시작했다.

놀랍게도!

싫증이 난 것이다.

UFO에.

비록 UFO라 하지만 크기가 별 정도인 데다 한 시간이나 계~

속 보인다면 희소가치가 점점 옅어질 수밖에 없다.

나도 모르게 하품이 나왔다.

"좀 지루한 UFO네."

아폴로가 맥 빠진 목소리로 말했다.

전 세계에서 목격된 UFO 중 바로 지금 날고 있는데도 '지루한'이라는 수식어가 붙은 딱한 UFO는 저 녀석뿐일 거라고 생각하니 무심코 웃음이 나왔다.

어차피 지루할 거라면 UFO를 보면서 UFO 이야기라도 해주자 싶어, 유치원 시절에 겪었던 'UFO 아이스 사건'의 전말을 아폴로에게 들려주었다.

내가 몸을 앞으로 기울인 채 'UFO 아이스 사건'을 열심히 얘기하는 중에도 우리 머리 위에서는 여전히 UFO의 신비로운 비행이 계속되었다.

"언제까지 우리 위를 마냥 날고 있을 셈이야? 저 녀석 대체 뭘 하고 싶은 거지?"

UFO는 무엇을 하고 싶은 것인가?

아폴로가 심도 깊은 질문을 던졌다.

같은 곳을 줄곧 날기만 하는 UFO의 행동이 우리에겐 전혀 무의미해 보였다. 솔직히 두 시간이나 같은 곳을 날고 있는 걸 보면 싫증이 나는 게 당연하지만, 그래도 왠지 신경이 쓰여서 우리는 좀

처럼 잠을 이루지 못했다.

"사라질 테면 얼른 사라지고, 아니면 다른 재주를 좀 보여주든 지! 안 그러면 간사이(關西)에선 안 먹혀!"

한물간 연예인 취급을 당한 UFO도 아마 전 세계에서 저 녀석 밖에 없을 것이다.

그러나!

역시 우주를 누비는 우리의 UFO 씨. 간사이 바보한테 무시당 하고 가만있지는 않았다.

갑자기 움직임에 변화를 준 것이다.

"우왓! 모리사와, 저 녀석 돌기 시작했어!"

"오옷, 엄청난 속도로 회전하고 있어……."

놀랍게도 윙윙 소리가 날 듯이 돌기 시작했다. 광도도 한층 높 아졌다.

바보 같은 간사이 사람한테 따끔한 맛을 보여주겠다는 듯 놀라 운 '재주'를 선보이기 시작한 것이다.

"와아앗, 이번엔 분리됐어!"

하나였던 UFO가 뚝! 갈라지듯 순식간에 두 개가 되었다.

"어이어이, 이거, 엄청난 일이 벌어졌는데?"

"진짜. 눈을 뗄 수가 없네."

"간사이에서도 통할 것 같아?"

"이 정도라면 그럭저럭 통하겠지!"

회전하고 분리되는 재주를 선보여도 '그럭저럭'이라니, 간사이 사람들의 수준은 내가 상상한 것 이상으로 높았다.

우리는 그 변화에 갑자기 흥분하여 무의식중에 또 벌떡 일어났다. 분리된 두 개의 UFO는 마치 잡기놀이라도 하듯 한쪽이 도망치면 다른 쪽이 조금 거리를 두고 쫓아다녔다.

그런데…….

잠시 후 아폴로가 말했다.

"또 싫증났어."

"그러게……."

우리는 목이 아파져서 다시 콘크리트 위에 벌렁 드러누웠다.

"야, 아폴로, 동쪽 하늘 봐봐. 밝아지고 있어."

"그러네 정말. 꽤 오랜 시간 목격했군."

적어도 두세 시간은 보고 있었던 것 같다.

하늘은 서서히 신선한 레몬색으로 물들어갔고, 밤하늘을 가득 채웠던 무수한 별들도 완전히 사라졌다.

그런데도 두 개의 UFO는 끈질기게 잡기놀이를 계속했다.

"후아아아~. 이제 좀 자고 싶다. 관객을 졸리게 하다니 엔터테이너로서 실격이야. 센스라곤 눈곱만큼도 없어. 역시 간사이에선 안 먹히겠다."

이제 와서 또 야유를 퍼붓는다.

아폴로의 목소리가 들렸는지 두 개의 UFO가 갑자기 속력을 높이더니 서쪽 하늘 저편으로 슝! 날아가 버렸다.

"오오옷, 서쪽으로 날아갔어. 이제 안 보여……."

나는 몸을 일으켰지만 아폴로는 엎드린 채 졸린 목소리로 중얼거렸다.

"참말로……."

"쟤들 간사이에서 먹힐지 시험해보러 간 거 아냐?"

"큭. 어차피 안 먹힐 텐데. 아무튼 이제야 겨우 잘 수 있겠네."

아폴로가 크게 하품을 하니 나도 따라서 하품이 나왔다.

"한 시간이라도 자둘까?"

"그래, 자자."

"쯧, 그 UFO 놈 때문에 수면 부족이야."

끝내 '놈'으로 불리기까지.

모처럼 찾아와 '재주'를 선보였는데도 불량 청년한테 '놈'이라는 말까지 들은 UFO들에게 일말의 애수를 느끼면서, 나는 등부터 제 방으로 녹아 들어가듯 잠에 빠져들었다.

제 **2**장

틀에 갇힌 인간

가상의
낚시꾼이
간다

나는 게임하고는 그다지 인연이 없지만 내 인생에 딱 하나 깊이 빠져서 헤어 나오기 어려웠던 게임이 있다.

〈무라코시 세카이(일본의 프로 낚시 선수−옮긴이)의 폭조(爆釣) 일본열도〉가 그것이다.

제목만 봐도 알 수 있듯 일본 각지의 낚시터를 돌면서 큰 물고기나 희귀한 물고기를 잡으며 즐기는 게임인데, 마니아성이 짙기로 유명하다.

낚시를 좋아하는 사람은 일반적으로 '낚시 게임'을 싫어한다고들 하지만, 이 게임은 낚시계의 대가인 무라코시 선생의 감수를 거쳤기 때문인지 현실감이 뛰어나서 흥이 깨질 틈이 한순간도 없다.

낚시에 관한 지식을 제대로 갖춘 사람이 잘 낚을 수 있기에, 낚시를 즐기는 사람이라면 대체로 만족하는 게임이다. 밤새 벌게진 눈으로 가상의 월척을 쫓느라 날이 새는 줄 모른다.

그러던 어느 날, 내가 이 게임에 푹 빠져 지낸다는 걸 알게 된 아폴로가 "나도 해볼래"라고 선언하더니 같은 소프트웨어를 샀다.

아폴로는 성질이 급해서 물고기가 낚일 때까지 절대 기다리지 못하는 인간이다.

그런데 게임은 다른 모양이다. 금세 '올 클리어'를 달성하더니, 낚시 전용의 새 컨트롤러를 들고 거만한 얼굴로 나를 찾아왔다.

"어이, 모리사와, 투 나왔어."

"투?"

아폴로가 가방에서 게임 DVD를 꺼냈다.

"오오오옷!"

놀랍게도 〈무라코시 세카이의 폭조 일본열도 2〉였다.

아폴로는 일단 빠졌다 하면 인생에 있어서 중요한 모든 것을 내팽개치고 그것에만 집착하는 경향이 있다. '투'도 눈 깜짝할 사이에 클리어했다.

불과 며칠 만에 반쪽이 되어 우리 집에 나타난 아폴로는 여전히 거만한 얼굴로 "투, 할 거면 빌려줄게"라며 컨트롤러까지 내게 건넸다. 그리고 생각지도 못한 대사를 내뱉었다.

"모리사와, 다음에 나도 낚시 데려가 줘."

"어? 너, 낚시는 진짜 싫다고 했잖아."

"바보 같은 소리. 내 취미는 이미 오래전부터 피싱이었어."

"……"

우뇌와 좌뇌의 세포를 모두 합쳐도 스물일곱 개 정도밖에 안 되는 아폴로는 가상 낚시에서 좋은 성적을 남겼다고 진짜 낚시도 잘할 수 있으리라 확신하는 모양이었다.

우리는 주말이 되자 당장 미나미보소(南房総)로 향했다.

낚시도구는 전부 내가 빌려주기로 하고, 초보자 아폴로를 위해 작은 물고기가 그럭저럭 잡힐 만한 방파제로 안내했다.

아폴로는 방파제에 도착하자마자 기세도 당당하게 "얼른 낚싯대를 달라"고 졸랐다. 그러나 이 가상의 달인은 릴 조작법조차 모른다.

나는 채비를 만들어주고, 릴 사용법도 자세히 가르쳐주고, 밑밥을 뿌려서 물고기들을 모으고…… 이렇듯 초보자를 위한 환경을 모두 갖춰주었다.

아폴로는 "자, 이제 월척을 낚아주마!"라며 바다를 향해 한번 부르짖고는, 큰 놈은 절대 잡을 수 없는 잔챙이 전용 채비를 바다에 투입했다.

곧 입질이 왔다. 잡힌 물고기는 발밑에 모인 새끼 벵에돔 중 하나이고 크기는 15센티 정도였다.

아폴로는 그 순간 뇌 내 아드레날린이 쿨렁쿨렁 분출된 듯 진지

한 눈으로 이렇게 외치는 것이다.

"피시 온!"

이거, 게임 속에서 물고기가 잡히면 나오는 대사가 아닌가?

아폴로가 재빨리 릴을 감기 시작했다. 그 모습을 본 나는 혼자 뒤집어지고 말았다.

가상 낚시에 물든 이 남자, '게임 속의 낚시꾼'처럼 허리를 경망스럽게 앞뒤로 실룩실룩 움직이며 열심히 릴을 감는다.

게다가 게임 안에서 거대한 참치를 낚을 때처럼, 낚싯대 끝을 올리고 당기면서 릴을 감는, 이른바 '펌핑'이라는 낚시 기술까지 쓰는 게 아닌가? 고작 15센티의 뱅에돔을 상대로 참치와 격투하는 장면을 연출하고 있는 것이다.

"야, 너, 자세가 게임 속 낚시꾼이랑 똑같아."

아폴로는 배를 잡고 웃는 나를 무시하고 게임 속과 같은 몸짓 그대로 새끼 뱅에돔을 낚아 올렸다.

"좋았어, 겟!"

마치 초등학생 같은 얼굴로 히쭉 웃는다.

뭐, 나름 즐기고 있는 것 같으니 내버려 둘까? 자꾸 지적하면 불쌍하니까……. 그렇게 생각한 나는 내 낚싯대도 준비하여 채비를 바다에 투입했다.

내 쪽에도 곧 입질이 왔다.

그걸 본 아폴로가 옆에서 게임 멘트를 외친다.

"피시 온!"

내 바늘에는 새끼 벵에돔이 아니라 30센티는 되어 보이는 큰 쥐치가 걸렸다.

"우와, 이렇게 큰 쥐치는 처음이야. 라인 끊어지겠다. 아폴로, 빨리 사내끼 가져와서 떠오르면 건져내."

나는 아폴로에게 지시를 내리면서 거대한 쥐치와의 격투에 집중했다. 그때 사내끼를 손에 들고 다가온 아폴로. 별안간 '거만한 태도'로 내게 조언을 한다.

"신중을 기하라."

이 또한 게임 속의 무라코시 세카이가 자주 하는 대사여서, 나는 그만 푸하하 하고 웃고 말았다.

이 남자, 대체 현실에 게임을 어디까지 적용시키려는 건가.

집중력을 잃는 바람에 하마터면 라인이 끊어질 뻔했지만, 위기의 순간에 필사적으로 버텨서 가까스로 쥐치를 수면 가까이 끌어올렸다.

그걸 아폴로가 잽싸게 건져주었다.

"오오, 좋았어! 환상의 잡지 사이즈야!"

이만큼 거대한 쥐치를 업계에서는 '잡지 사이즈'라 부른다.

첫 잡지 사이즈를 낚은 기쁨에 깊이 젖어 있는데 왜 그런지 아폴로가 나보다 더 의기양양한 얼굴이다.

"나는 낚시도 잘하지만 건지는 것도 천재적이네. 내가 없었다면 못 낚았겠지?"

"응? 응, 뭐, 그럴지도……."

"하하, 매일 밤새워가며 낚시 연습한 보람이 있네."

그거랑은 관계없잖아!

한마디 해주고 싶은 걸 꾹 참고 있는데 아폴로가 또 덧붙인다.

"모리사와, 이 스테이지(바다)는 클리어했으니 이제 어디로 가면 돼?"

아니아니, 이제 시작일 뿐인데…….

나는 쓴웃음을 지으면서 쥐치를 아이스박스에 넣고, 대신 얼음처럼 차가운 캔맥주를 두 개 꺼냈다.

"자."

하나를 가상의 낚시꾼에게 던졌다.

"어이쿠, 떨어질 뻔했잖아."

하마터면 놓칠 뻔했던 아폴로가 무라코시 세카이와 똑같은 말투로 한마디한다.

"신중을 기하라."

가상이 아닌 현실 속의 초여름 바닷바람이 가상의 낚시꾼의 머리카락을 흔든다.

캔맥주를 딴 우리는 왠지 조짐이 좋은 낚시를 위해 건배했다.

"모리사와, 다음 타깃은 뭐야?"

허리를 실룩실룩 움직이며 아폴로가 트림을 한다.

조금 염려되긴 하지만, 그런대로 즐거운 하루가 시작될 것 같은 예감이 들었다.

잘 낚는 남자,
못 낚는 남자

낚시꾼에는 여러 타입이 있는데, 내 지인들은 특히 개성적인 듯하다. 예를 들면……

· 대어를 낚았다 싶으면 꼭 눈앞에서 놓쳐버리는 도봉.
· 첫 낚시 때 놀랍게도 환상적인 크기의 산천어를 낚은 친동생 노부오.
· 낚시 게임에 천재적인 실력을 발휘하는 데다, 실제 낚시를 할 때에도 게임 속 낚시꾼처럼 이상야릇한 몸짓을 취하는 가상의 낚시꾼 아폴로.
· 회를 싫어해서 도미나 넙치를 낚아도 모두 소금 뿌려 구워 먹는 닷칭.

- 안 낚이면 바로 작살을 들고 물로 뛰어드는 이와이(이걸 낚시꾼이라 해도 될지 의문이긴 하지만).
- 낚일 만한 시간대엔 늘 술 취해 자고 있는 미야지마.

이 사람들에 비하면 나는 지극히 평범한 보통 낚시꾼이다. 특이한 점이라면 기껏해야 낚은 물고기를 너무 사랑한 나머지 "쪽!" 하고 키스했다가 날카로운 이빨에 입술을 물려 피를 흘린 적이 있다는 것 정도.

앞서 언급한 개성적인 지인들 외에도 흥미로운 인물이 두 사람 더 있다. 한 사람은 모 대형 출판사의 편집자이자 내 선배이기도 한 K 씨. 다른 한 사람은 잘나가는 가죽가방 디자이너인 매형, 통칭 사토 형이다. 이 두 사람은 낚시에 관해선 정반대의 성향을 가진 인물이다.

우선 K 씨. 그는 낚싯줄 묶음법은 물론 릴 조작법도 모르는 생무지이지만, 일단 낚싯줄을 드리우면 거짓말처럼 물고기를 낚아 올리는 낚시 천재다. 말도 안 되는 곳에 채비를 던지든, 던진 채비가 엉망진창으로 엉키든, 어찌된 일인지 K 씨의 낚싯바늘에는 늘 물고기가 매달려 있다.

낚시에 대해 잘 모르는데도 대담하게 배낚시 대회에 출전하여 주위의 숙련된 전문가들을 제치고 당당하게 우승을 차지한 적도 있다.

"낚시는 30분만 하면 충분하지. 그 이상은 지루해."

다른 낚시꾼들이 들으면 눈에 쌍심지를 켜고 달려들 만한 이야기를 K 씨는 거침없이 내뱉는다. 하지만 K 씨의 실적을 생각하면 거짓말도 과장도 아닌 정말로 솔직한 심정임을 알 수 있다.

그런 K 씨와는 정반대 성향인 애수의 낚시꾼이 바로 사토 형이다. 사토 형은 노력과 연구와 근성의 낚시꾼이다. 그런데 무엇을 어떻게 하든 참 신기할 정도로 물고기들에게 외면당하고 만다.

주변에서는 잘만 낚는데도 사토 형은 안 된다. 한사리의 잘 잡히는 시간대라도 안 된다. 물고기 떼가 눈앞에 있어도, 잘 낚고 있는 사람이랑 똑같은 채비를 써도, 역시 안 된다. 미끼를 바꿔봐도, 도구를 바꿔봐도…… 결국은 텅 빈 아이스박스를 메고 터벅터벅 쓸쓸하게 귀갓길에 오를 뿐이다.

낚았다 싶으면 늘 귀걸이 같은 극소 사이즈의 치어였다. 그때마다 사토 형은 조용히 한숨지으며 귀여운 귀걸이를 조심스레 바다에 놔주곤 했다.

내가 봤을 때 사토 형은 낚싯대 조작이 결코 서툴지 않다. 낚시터에 자주 다니는 만큼 어느 정도의 지식도 있다. 그런데 무엇 때문인지 물고기들이 사토 형의 낚싯바늘만 피해 다닌다.

사토 형이 낚시에 빠진 후로 벌써 몇 년이 흘렀건만 조과는 여전히 참담하다. 그래도 사토 형은 부지런히 낚싯대와 도구 상자를 짊어지고 조용히 낚시터로 향한다.

어느 날 낚시터에서 사토 형이 툭 한마디 던졌다.

"한 번이라도 좋으니, 정말 딱 한 번이라도 좋으니 말이야, 낚싯대가 휘어질 만한 물고기 좀 낚아보고 싶어……."

기본적으로 조용한 사람인 만큼 이 발언이 무척 무겁게 들렸다.

사토 형을 낚시의 길로 인도한 사람이 바로 나다. 그래서 사토 형의 조과 소식을 전해들을 때마다 가슴이 쿡 찔린 듯 아파서, 어떻게든 이 불운의 낚시꾼에게 '그럴듯한 물고기'를 낚게 해주고 싶은 것이다.

여태까지 사토 형과 여러 번 낚시를 함께 했지만 내가 아무리 노력해도 사토 형이 낚게 해주지 못했다. 사토 형은 낚시터에만 오면 귀신이 씌는지 늘 불운에 휘말린다.

낚시터에 도착하여 차 트렁크를 열면 낚싯대가 뚝 부러져 있거나, 없어서는 안 될 채비를 집에 빠뜨리고 오거나, 잘 낚이는 시간대에 진입한 순간 실이 엉키거나……, 온갖 불운이 눈사태처럼 덤벼든다.

낚시 친구 도봉과 사토 형과 나, 이렇게 셋이서 제방으로 낚시하러 갔을 때는 이런 일이 있었다.

이른 아침, 마래미(새끼 방어) 떼가 눈앞으로 다가왔다.

이건 누가 봐도 폭풍 낚시의 기회다. 도봉과 나는 기회를 놓칠세라 물고기 떼를 향해 당장 채비를 던지고 잇따라 물고기를 낚아 올리는데, 문득 사토 형 쪽을 보니 이런 중요한 때에 채비가 엉켰는지 조급하게 풀고 있었다.

맙소사, 어찌 이런 일이!

나는 재빨리 내 낚싯대를 사토 형에게 건넸다.

"이걸로 낚으세요! 지금이 기회예요!"

"미안, 모리사와, 땡큐!"

사토 형이 내 낚싯대를 휘두른 순간.

뚝!

갑자기 라인이 끊어지고 채비는 물속으로 사라졌다.

그걸 본 도봉이 말했다.

"제 걸 쓰세요. 마래미 떼는 지금 저쪽이에요!"

"정말 미안해, 도봉, 고마워!"

도봉의 낚싯대를 휘두른다.

엉?

또 엉켜버렸다.

우리가 급히 새 채비를 만드는 동안에 마래미 떼는 서서히 제방에서 멀어져 곧 눈앞에서 사라졌다.

"물고기들, 다시 돌아오겠지……?"

사토 형은 그렇게 말하면서 쓸쓸히 웃었지만, 혼자만 못 낚았을 때의 울적함을 모르는 게 아니니 더 안타까운 것이다.

마래미 떼가 사라지고 난 후로는 채비가 한 번도 끊어지지 않았고 엉키지도 않았다. 대체 어찌된 일일까?

우리는 돌아오는 차 안에서 사토 형이 왜 이렇게 못 낚는지를 함께 분석해보았다.

징크스를 토대로 몇 가지 추측이 가능했다.

· 살기가 낚싯줄을 따라 물속까지 전달되었고, 그 살기를 물고기가 감지했다.
· 밤에 별똥별을 보면 낚이지 않더라.
· 파칭코를 해서 딴 돈으로 낚시도구를 산 게 잘못이었다.
· 회를 좋아하지 않는 식성은 물고기에게 실례다.
· '초심자의 행운'으로 운을 탕진했다.
· 그러고 보니 한동안 성묘를 하지 않았다.

모두 조금 설득력이 떨어지긴 하지만 '초심자의 행운' 항목은 어쩌면 그럴 수도 있겠다고 생각한다.

사토 형은 과거에 북미 대륙으로 배낭여행을 떠난 적이 있는데, 멕시코에 있을 때 우연히 탄 배에서 거대한 청새치를 낚았다고 한다. 청새치라면 세계적 문호인 헤밍웨이도 집착했던, 낚시꾼들에겐 꿈의 물고기가 아닌가? 이 초심자의 행운은 컸다. 이때 적어도 10년분의 행운을 소비했다 해도 할 말이 없다.

아무리 노력해도 물고기에게 외면당하는 낚시꾼 사토 형을 도와주고 싶어 이리저리 궁리하던 어느 날, 물고기 사이에서 최고의 인기남인 K 씨와 함께 차로 두 시간 정도 걸리는 제방에 나가보았다. 과로로 너덜너덜해진 몸엔 기분전환이 필요하니 망망대해를 바라보고 오자는 말로 바쁜 편집자 K 씨를 꼬드긴 것이다. K 씨는 늦게까지 야근을 한 다음 날, 거의 수면을 취하지 못한 상태로 출발했다.

11월이었기에 나는 전갱이를 중심으로 하여 게르치, 농어, 넙치 등을 목표물로 삼았다. 그 제방으로 낚시를 하러 갈 때면 꼭 들르는 낚시도구 상점 아저씨가 메가리(전갱이 새끼)를 많이 잡을 수 있는 장소에 대한 정보를 주었다.

메가리는 줄 당김이 힘차서 손맛이 짜릿한 물고기로 인기가 있고, 전갱이 종류라 맛도 좋다. 하지만 이 아저씨 입에서 나오는 정보는 대부분 엉터리여서 여태까지 몇 번이나 헛걸음을 했다. 이 정보도 믿어선 안 되리라. 우리끼리 이 아저씨를 '엉터리 형'이라 부를 정도다.

그러하기에 이번엔 K 씨에게 의견을 구했다.

"K 씨, 엉터리 형 말대로 메가리로 할래요? 아니면 원래 예정대로 전갱이로 할까요?"

"으~음, 메가리라는 물고기는 처음 듣네. 그럼 그걸로 하자."

그야말로 문외한다운 선택이긴 하지만, 이럴 때는 '잘 낚는 남자'의 말을 따르는 게 제일이다. 우리는 당장 엉터리 형이 가르쳐 준 포인트를 향해 차를 달렸다.

도착해보니 낚시하는 사람 하나 없는 외진 곳이었다. 순식간에 '노피시'라는 단어가 내 머리를 스쳤다. 노피시란 한 마리도 못 잡고 끝났다는 뜻의 업계 용어이다. 그러나 K 씨는 '당연히 낚인다'라고 생각하는 듯하다. 불안감은 티끌만큼도 느껴지지 않았다.

콘크리트 제방 위에 서서 K 씨가 말했다.

"좋았어, 모리사와, 채비 만들어줘."

"알겠습니다."

나는 루어를 단 릴낚싯대를 K 씨에게 건넸다.

"릴은 어떻게 하는 거더라?"

나는 기초 중의 기초부터 K 씨에게 정성껏 가르쳤다.

"일단 던져보세요."

K 씨가 낚싯대를 휘둘렀는데 루어는 전혀 날지 않고 발밑에 떨어졌다.

"K 씨, 안 돼요. 이렇게 머리 위로 크게 휘둘러서, 야구공 던질 때처럼, 이런 식으로……."

"어이, 뭔가 이상하다."

내 말이 끝나기도 전에 K 씨가 턱으로 낚싯대 끝을 가리켰다. 그쪽을 보니 낚싯대가 벌써 통통 튀고 있는 게 아닌가?

"아앗, 왔다. K 씨, 낚싯대 세우고 릴 감아요!"

"이쪽으로 돌리던가?"

"네네!"

루어가 거의 날지 않았기에 릴을 몇 바퀴 감지도 않았는데 메가리가 낚싯대 끝에 매달렸다.

역시 천재다.

결국 그날은 K 씨의 명언대로 딱 30분 만에 싫증이 났다. 아이스박스는 순식간에 은색 메가리로 가득 찼다. 너무 잘 낚여서 도중에 물고기를 놓쳐도 아깝지 않았다. 이렇게 낚이면 낚시가 '오락'이 아닌 '작업'이 된다. 30분 만에 고통스러워지는 게 당연하다.

두 사람은 묵직한 아이스박스를 메고 낚시터에서 일찌감치 우리 집으로 귀환하여 메가리 회를 안주 삼아 니혼슈를 들이켰다.

알코올이 뇌세포를 녹이기 시작할 즈음, 문득 어떤 생각이 떠올랐다.

오늘 그 포인트라면 사토 형이라도 반드시 낚을 거야!

당장 사토 형에게 전화를 걸어 오늘의 폭풍 낚시 경험을 들려주었다. 예상대로 꼭 데려가 달라고 애걸한다.

솔직히 오늘 질릴 정도로 낚았지만 '조금이라도 낚싯대가 휘어질 만한 물고기'를 낚게 해주고 싶은 마음에, 다음 날 완전히 똑같은 시각, 똑같은 장소로 향했다.

낚시터에 도착하자마자 사토 형이 제일 먼저 내뱉은 대사는 이랬다.

"앗, 나, 루어, 깜빡 잊고 안 갖고 왔어……."

나는 왠지 불길한 예감이 들었지만 애써 떨쳐냈다.

"내 거 쓰세요. 많으니까. 아하하하하!"

나는 일부러 크게 웃었다. K 씨의 '잘 낚는 운'을 놓칠까 염려되었기 때문이다.

채비를 만들려고 제방에 낚싯대를 두고 줄 끝에 루어를 묶는데, 더 불길한 사건이 터졌다.

뚝!

사토 형이 자기 낚싯대를 밟아 부서뜨린 것이다.

이 사건엔 사토 형도 의기소침해졌다.

맙소사. 그래도 오늘만큼은 반드시 낚게 해주겠다!

"꽤, 괜찮아요. 내 거 쓰세요."

메인 낚싯대를 사토 형에게 건네고, 나는 예비용 낚싯대를 쓰기로 했다.

문득 바다 쪽으로 눈길을 주니, 파도 속을 누비는 메가리 떼가 흰히 보였다.

"와아, 사토 형, 봐요, 저기요."

"오오, 보인다. OK!"

사토 형이 던지는 대망의 첫발.

휙!

백래시……. 실이 나오면서 마구 엉켜버렸다. 너무 심하게 엉켜서 그 릴은 더 이상 쓸 수 없을 것 같아 내 릴을 제공하기로 했다.

"이, 이거 쓰세요."

"모리사와, 정말 미안해."

"아뇨아뇨, 전혀 문제없습니다. 아무튼 오늘 낚싯대가 휘어질 만한 물고기를 꼭 잡으시길."

"응. 정말 미안해……."

나는 사토 형이 릴을 세팅하는 동안, 예비용으로 루어를 던져보았다.

던지자마자 히트!

"이것 봐요, 사토 형. 역시 잘 잡혀요!"

눈앞에서 잇따라 세 마리를 낚아 올리는 나를 보고 사토 형이 급히 일어났다.

그 순간, 첨벙…….

"응?"

"으악!"

사토 형이 일어나면서 내가 빌려준 낚싯대와 릴을 차는 바람에 그만 바다에 빠뜨리고 말았다.

"아아아아, 어쩌냐, 모리사와, 정말 미안해. 나중에 사 줄게."

"아……, 아뇨아뇨. 아하하. 전~혀 문제없습니다. 어차피 싸구려니까요. 신경 쓰지 마세요. 그보다 일단 한 마리 낚읍시다."

나는 예비용을 그대로 사토 형에게 건넸다.

솔직히 말하면 이 시점부터 내 가슴속에서는 불길한 예감이 소용돌이치기 시작했다.

그 예감이 구현되듯 다음 한 발을 던졌을 때 실이 뚝 끊어져서 루어만 멀리 날아갔다.

"아, 아직, 루어는 많이 있으니까 괜찮아요. 전혀, 전혀, 문제없습니다!"

새 루어를 묶었다.

다시 던지려는데 이상하게 바다 색깔이 탁해졌다. 어쩐지 가까운 공장에서 폐수를 흘려 보낸 모양이다. 게다가 조금 전까지 보였던 메가리 떼가 사라져버렸다. 계속 루어를 던져봤지만 한 마리도 낚이지 않았다.

"모리사와, 오늘도 역시 실패일까……."

사토 형이 중얼거렸다.

그, 그런, 말도 안 되는~!

나는 너무 분한 나머지 이런 제안을 했다.

"사토 형, 이렇게 됐으니 최후의 수단을 씁시다. 반드시 낚이는 모 제방으로 가요."

모 제방은 4년 전에 사토 형을 처음 낚시로 인도했던 장소다. 거기서 우리는 붕장어, 양볼락, 전갱이를 몇 마리씩 낚았다. 그 제방의 조과로서는 솔직히 말해 부진한 편이어서 나는 어깨를 푹 떨구고 실망했지만, 사토 형은 국내에서 처음 한 낚시였다며 크게 만족

했다. 사토 형의 '못 낚는 인생'은 그때를 기점으로 시작되었다.

모 제방이라면 끝 쪽 포인트까지의 거리가 멀다는 게 난점이긴 하지만, 여태까지 '노피시'가 한 번도 없었던 훌륭한 낚시터라는 사실은 이미 검증되었다.

그날 우리는 불타올랐다. 일단 상점에 들러서 미끼와 채비를 보충하고, 수면 부족과 낙담으로 너덜너덜해진 신체를 질질 끌며 제방 끝까지 걸었다. 그리고 망망대해를 향해 채비를 던졌다.

하지만 아무리 기다리고 기다려도 입질이 오지 않았다.

채비를 바꿔도 포인트를 바꿔도 안 되었다.

마치 악몽을 꾸는 것 같았다.

이윽고 해가 떨어지기 시작했을 때 우리는 결국 철수하기로 결단을 내렸다. 터벅터벅 긴 제방을 걸었다. 텅 빈 아이스박스의 무게가 지친 몸을 눌렀다. 돌아오는 길의 아이스박스는 가벼울수록 무겁고, 무거울수록 가벼운 법이다.

"아하하. 역시 나는 저주받은 걸까?"

사토 형이 괜스레 익살을 떨었지만, 수면 부족인 두 눈이 심한 낙담과 서글픔으로 촉촉해져 있었다. 나는 위로할 말조차 떠오르지 않아 그저 공허하게 "하하" 하고 짧게 웃었다.

며칠 후.

인터넷으로 낚시 정보를 검색하다가 경악스러운 사실을 알게 되었다.

놀랍게도 사토 형과 낚시를 하러 간 바로 그날만 모 제방 전체가 말 그대로 전멸이었다고 한다. 그날 그 제방에 온 낚시꾼들이 한결같이 한 마리도 못 잡았다는 것이다. 사토 형이 가기 전날까지는 잘 잡혔는데, 사토 형이 간 날만 전혀 잡히지 않았고, 또 그다음 날부터는 척척 잡혔다.

그 제방에 자주 다니는 단골이 홈페이지에 이런 글을 써두었다.

〈이 시기에 이 포인트에서 이렇게 안 낚일 수 있다니……. 대체 그날 그 바다에 무슨 일이 있었던 것일까?〉

사토 형이 그날 그 긴 제방 전체를 전멸시킬 만큼 가공할 능력을 발휘한 게 틀림없다.

인터넷 화면 앞에서 나는 무심코 웃어버렸다.

그런 사실을 아는지 모르는지, 공포의 능력자는 오늘도 조용히 낚싯줄을 드리우고 있을 것이다.

어린 유령과
노숙

오토바이 친구인 미야지마랑 한겨울의 기나긴 투어에 나섰다. 이른 아침 지바 현에서 출발하여 모 반도 동쪽 기슭에 도달했을 때엔 태양이 완전히 저문 뒤였다.

고속도로에서 내린 우리는 제일 처음 나온 자판기 앞에 오토바이를 세우고 뜨거운 캔커피로 꽁꽁 언 손가락을 녹였다.

"여기서 산 쪽으로 들어가면 캠핑장이 있구나."

나는 손바닥 크기의 지도를 펼치고 자판기 불빛에 비춰 보면서 말했다.

"그러네. 별로 안 멀어."

"오늘 보금자리는 여기로 할까?"

"어디든 좋아. 겨울이라 손님이 우리밖에 없을지도 모르겠다."

예전부터 대충 넘어가는 성격인 미야지마가 대충 대답했다.

"그럼 여기로 정한다."

"응."

우리는 캔커피를 들이켜고 다시 각자의 오토바이에 올랐다.

산은 지도에서 보는 것보다 훨씬 깊었다.

달리자마자 길이 쑥 좁아지고 드문드문 이어지던 가로등마저 없다. '숲길'이라기보다 '저승길'이라 부르고 싶을 정도로 스산하고 꾸불꾸불한 길이다.

길 좌우에서 나무 그늘이 으스스하게 뻗어 있으니 겨울 암흑이 한층 짙게 느껴졌다. 오토바이 헤드라이트가 발하는 빛마저 그 암흑이 삼켜버릴 것만 같았다.

우리는 목적지로 삼은 캠핑장에 도착하기 전에 저녁 식사용 인스턴트 라멘과 자기 전에 마실 니혼슈를 살 예정이었는데, 가면 갈수록 길이 좁고 음침해질 뿐 가게 같은 건물은 전혀 나타나지 않았다. 가끔 민가가 나오긴 했지만 불은 모두 꺼져 있었다.

……더 들어가봐도 가게는 없을 것 같았다.

밥과 술을 포기하려던 찰나, 저 멀리 희읍스름한 불빛이 보였다. 자판기 뒤의 가게에서 흘러나오는 불빛이었다.

우리는 그 빛으로 빨려 들어가는 벌레라도 된 듯 오토바이를 달렸다.

가게는 묘한 느낌의 낡고 살풍경한 목조 단층집이었다.

유리로 된 미닫이문 너머로 가게 안을 들여다보니 잡화가 이것 저것 놓인 진열장 같은 것이 보여 조금 안심했는데, 왜 그런지 가게 안으로 들어가기가 굉장히 꺼려지는 것이다.

"미야지마, 이 가게 좀 으스스하지 않아?"

"으응, 좀……. 그래도 여길 지나치면 오늘 밤엔 밥도 술도 없겠 지? 더 들어가도 가게는 안 나올 것 같아."

"그치……."

할 수 없다. 나는 주뼛주뼛 나무틀로 된 미닫이문을 열었다. 분위 기에 어울리지 않는 큰 소리가 차가운 밤공기를 드르륵 흔들었다.

"실례합니다……."

뒤에 있던 미야지마가 가게 안쪽을 향해 불러보았지만 아무도 나오지 않았다.

"실례합니다~."

이번엔 내가 부르면서 가게 안으로 발을 들였다.

그다음 순간.

"허억……."

나는 비명을 삼켰다.

바로 옆 진열장 뒤에 백발을 풀어헤친 노파가 서 있는 것이다.

마, 마귀할멈!

나는 놀라 쓰러질 뻔했다가 가까스로 정신을 차리고 겨우 그 자리에 섰고, 실신 직전인 미야지마는 엄청난 힘으로 내 오른팔에 매달렸다.

"……."

"……."

노파는 깊은 주름에 묻힌 작은 눈으로 불쾌한 시선을 던졌다. 눈을 치뜨니 왠지 노려보는 것 같기도 했다. 문득 시야에 들어온 노파의 손에 잘 갈린 날카로운 칼……이 없었기에 약간은 안심했다.

나는 마음을 가라앉히고 아주아주 정중하게 물었다.

"저기, 밤늦게 죄송합니다. 인스턴트 라멘이랑 니혼슈 있으면 사고 싶은데요."

"라멘은 거기. 술은 저기."

노파는 의아스러운 표정을 지으며 턱으로 선반을 가리켰다.

목에 줄질을 했나 싶을 정도로 쉰 목소리였다.

"자네들, 이런 덴 뭐 하러 왔소?"

자기 가게를 '이런 데'라고 말한 것도 이상하지만 가게에는 당연히 물건을 사러 온다. 일단 무서우니, 나는 더욱 정중하게 단어를 골라가며 대답했다.

"저기, 우리는 지금 여행을 하고 있는데요. 이 안쪽에 있는 캠핑장에서 하룻밤 자고 가려고요."

"……."

"캠핑장, 이용할 수 있나요?"

"겨울엔 안 열어. 멧돼지 사냥을 하는 시기라서 아무도 접근을 안 하지. 빗나간 총알에 맞을까 봐 무서운 게야."

"하아. 그, 그런가요……. 죄, 죄송합니다."

이유 없이 사과한 내가 한심했다.

그래도 간절히 원했던 인스턴트 라멘과 니혼슈를 구했으니 그대로 도망치듯 가게에서 나왔다.

오토바이에 실으며 미야지마가 한숨처럼 말한다.

"후우, 할머니 진짜 무서웠어……."

"맞아. 옛날이야기에 나오는 마귀할멈 같았어."

"그러게……. 빨리 캠핑장에 가서 한잔하자."

"그러자."

우리는 더 깊은 산속을 향해 오토바이를 달렸다.

마귀할멈의 가게를 출발한 후 길은 곧 자갈 깔린 숲길로 이어졌다. 농밀한 어둠이 한층 깊이를 더했다. 겨울인데도 밤공기에 습기가 많았다. 급격한 곡선길이 군데군데 나와서 온로드 바이크를 탄 나는 신중히 달려야 했다.

표고가 높아지면서 대기는 더욱 차가워졌다. 나는 무릎을 와들와들 떨면서 차체를 오른쪽으로 왼쪽으로 기울였다. 헬멧 안에서는 어금니가 딱딱 부딪쳤다.

그대로 꽤 오랜 시간을 달린 것 같다.

가까스로 캠핑장 입구에 다다랐을 때 무심코 안도의 한숨이 나왔다.

우리는 오토바이에서 내리면서 헬멧을 벗었다.

그때.

어……?

등골이 오싹해진 나는 반사적으로 주위를 둘러보았다.

나를 둘러싼 칠흑 같은 어둠 속 어딘가에서 뭐라 표현하기 힘든 '위화감'을 느꼈다. '생리적인 혐오감'이라고도 할 수 있는 감각이었다. 한밤중에 신사나 묘지를 지날 때 느끼는 그 음산한 공기와 비슷했다.

"여기, 좀, 으스스하지 않아?"

미야지마가 내 마음속을 대변했다.

"으응……."

문득 옆을 보니 나무 간판이 서 있었다.

그 간판에 적힌 캠핑장 이름을 본 순간.

우리는 얼어붙었다.

추위 때문이 아니라 등에 소름이 돋았다. 캠핑장 이름이 지독히도 섬뜩했다.

"모, 모리사와…… 역시 여긴 안 되겠어. 돌아가자. 뭔가 공기가 이상해."

"이상하다니, 뭐가?"

"뭔가 나올 것 같잖아. 멧돼지 사냥도 한다고 하고. 유탄이라도 맞으면 어떡해."

가라테 유단자로 전일본대회에 출전할 만큼 체격이 우람한 미야지마가 눈물로 호소한다. 사실은 이 녀석, 귀신 종류를 엄청 싫어한다. 장난삼아 괴담을 들려주려 하면 필사적으로 귀를 틀어막고 울상이 된다. 덩치와 어울리지 않는 모습에 웃음이 나온다.

그런 미야지마와 정반대 성향인 현실주의자가 바로 나다. 나는 영혼이 어쩌고저쩌고 하는 초자연적인 이야기는 절대 안 믿는 인간이었다.

이 하룻밤이 있기 전까지는…….

"괜찮다니까. 귀신 같은 거 없어. 이렇게 추운 날씨에 왔던 길을 되돌아가서 다른 데를 찾아야겠어?"

"그래도…….

"괜, 찮, 다, 고! 귀신 같은 거 안 나온다고!"

나는 자꾸만 돌아가자는 미야지마를 어떻게든 설득하여 오늘밤은 이 캠핑장에서 지내기로 했다.

하지만 울창한 숲으로 둘러싸인 이 공간에 뭐라 표현하기 힘든 끈적끈적한 암흑이 가득하다는 건 인정하지 않을 수 없었다.

혹시 몰라서 우리는 미야지마의 오프로드 바이크(CRM250)를 둘이 같이 타고 캠핑장을 한 바퀴 휙 둘러보았다.

그 노파의 말대로 사람 하나 없었다.

한겨울에 이런 깊은 산속의 폐쇄된 캠핑장에 오는 별난 인간은 우리 외엔 없을 것이다.

"럭키. 우리가 전세 낸 거네. 일단 텐트부터 쳐버리자."

미야지마는 기뻐하는 내 옆에서 눈에 띄게 어깨를 푹 떨구었다.

"아아……. 정말 싫어, 여기. 완전 깜깜하잖아. 누구라도 있는 편이 훨씬 나아. 왜 하필이면 이런 무서운 곳에서 자야 하는 거야? 처음부터 왜 여기 오자고 했어? 다 너 때문이야."

나는 미야지마의 원망을 한 귀로 듣고 한 귀로 흘리며 냉큼 텐트를 치기 시작했다. 미야지마는 당황하면서 자기 텐트를 내 텐트에 딱 붙여서 치려 했다.

"야! 좀 저쪽으로 가서 쳐. 나는 남자랑 붙어 자는 취미는 없거든. 너 코 고는 소리는 또 얼마나 시끄러운지 알아? 잠버릇도 사납고."

미야지마의 잠버릇은 친구들 사이에서 꽤 유명하다. 언젠가 자기 텐트를 안쪽에서 무너뜨리는 바람에 깔려서 질식할 뻔한 적도 있다.

"앗, 싫어, 제발 부탁이야. 적어도 이 정도는 허락해줘."

"안 된다니까. 여기까지라면 내가 참아주지."

"저, 적어도, 이까지는."

"안 돼. 그럼 여기."

"싫어, 여기까지, 제발."

옥신각신한 끝에 5미터 정도 거리를 두고 각자 텐트를 쳤다. 미야지마의 코 고는 소리가 충분히 들릴 거리라도, 뭐 어쩔 수 없다. 이 캠핑장을 선택한 책임은 어느 정도 내게 있다.

얼른 텐트 치고 라멘 먹으면서 술 마셔야지.

나는 헤드램프 빛에 기대어 식수대를 찾았다. 인스턴트 라멘을 끓이기 위해서다. 찾아나서는 내 옆에 미야지마가 딱 붙어 따라온다. 누가 보면 영락없는 러브러브 게이 커플이다. 화장실 안까지 따라올 기세다.

"너랑 같이 있으면 낮엔 든든한데 말이야. 밤엔 진짜 도움이 안 되네."

"후후후, 뭐 어때서그래? 좀 봐주라."

왠지 말투까지 사근사근해졌다. 나는 다른 의미로 오싹해지지 않을 수 없었다.

우리는 수도꼭지가 나란히 있는 식수대를 가까스로 발견하고, 아무 생각 없이 제일 가까운 수도꼭지 아래에 코펠을 놓고 물을 틀었다.

다음 순간.

"으아앗, 뭐야, 이거~!"

내 안의 마쓰다 유사쿠(1989년 39세의 젊은 나이에 암으로 요절한 일본의 연기파 배우. 카리스마 넘치는 연기가 지금까지 많은 사람에게 기억되고 있다 - 옮긴이)가 소리쳤다.

그와 동시에 미야지마가 무시무시한 힘으로 내 팔에 매달렸다.

수도꼭지에서 하얀 밀키스 같은 액체가 뿜어져 나온 것이다. 게다가 거뭇한 색깔의 무수한 고체가 보얀 액체에 섞여 뚝뚝 섬뜩한 소리를 내며 코펠 안으로 떨어졌다.

나는 화들짝 놀라 수도꼭지를 잠갔다.

코펠 안을 헤드램프 빛으로 비춰 본다.

수도꼭지가 토해낸 검은 물체들이 탁한 물 위에 둥둥 뜬 채 흐름에 따라 빙글빙글 돌고 있었다.

"이거, 말벌 시체네. 왜 수도에서 이런 게 나오지?"

내 질문에 미야지마는 대답하지 않았다.

옆을 보니 웃는 것 같은 표정을 지은 채 돌처럼 굳어 있었다. 쿡 찌르면 뒤로 발라당 넘어질 것 같다.

"그보다 수돗물이 왜 밀키스처럼 하얗지?"

두 번째 질문을 던지자 그제야 비로소 내 팔에 매달린 미야지마가 생체 반응을 보였다.

"버, 벌의, 로, 로열젤리, 에, 에, 엑기스겠지. 여, 영양, 듬뿍……."

미야지마도 나름 노력하여 내뱉은 대사였다. 공포를 필사적으로 떨쳐내기 위한 개그였던 것 같지만, 무척 유감스럽다.

아무튼 영양이 듬뿍 들었든 아니든 이런 물로는 도저히 라멘을 끓일 수 없다. 나는 다른 수도꼭지를 비틀어보았다. 그 수도꼭지에서도 하얀 물과 벌 시체가 뚝뚝 떨어졌다.

"이러하다면……."

수도꼭지를 하나하나 비틀어봤지만 결과는 같았다.

"할 수 없네. 물을 계속 틀어놔 볼까?"

그렇게 말하면서 모든 수도꼭지를 한동안 틀어놓았으나 아무리 기다려도 물은 맑아지지 않았다.

"제길……."

당연한 말이지만 물이 없으면 라멘을 끓일 수 없다. 즉, 오늘밤 우리는 저녁을 굶어야 한다.

문득 귀를 기울이니 끈적끈적한 어둠 속에서 계곡 물소리가 졸졸 희미하게 들렸다. 어쩐지 캠핑장 옆 벼랑 아래에서 들리는 것 같았다.

수돗물이 안 되면 계곡물이라도…….

아니다. 가로등도 달도 없는 암흑 속이지 않은가? 아무리 헤드램프가 있다고는 하지만 이대로 벼랑을 내려가는 건 위험하다. 미끄러져 떨어지기라도 하면 아니 간만 못하다. 역시 물, 즉 라멘은 포기할 수밖에 없을 듯했다.

"아아, 배고프다, 젠장."

결국 우리는 마귀할멈 가게에 들어가 두려움을 무릅쓰고 손에 넣은 귀중한 라멘을 먹지 못할 처지에 놓였다.

그렇다면, 적어도 술은! 하면서 니혼슈로 건배를 해보았지만, 축축한 밤공기에 여전히 음침한 기운이 충만하여 아무래도 흥이 나지 않았다.

"미야지마, 그냥 자버릴까?"

"응……."

그리하여 우리는 일찌감치 잠자리에 들기로 했다.

그건 그렇고 이 기묘한 공기는 대체 뭘까?

땅에서 나오는 독기일까?

나로서는 드물게 초자연적인 현상에 대해 생각하면서 텐트 안에 있는 침낭으로 기어 들어갔다.

헤드램프를 끄고 "후우" 하고 한숨을 쉬었다.

눈을 감은 순간.

주욱…….

주욱, 주욱, 주욱…….

질질, 질, 질…….

텐트 밖에서 어쩐지 기분 나쁜 소리가 들렸다.

땅 위에서 뭔가를 끄는 듯한 소리로도 들렸다.

뭐, 뭐야, 대체…….

나는 텐트 지퍼를 조금만 열고 바깥을 살짝 내다보았다.

으……

무, 무슨 짓이야!

미야지마가 자기 텐트를 끌어서 내 텐트에 바짝 대고 있는 게 아닌가?

이 자식, 귀신이 얼마나 무섭기에!

무심코 큭 하고 웃어버린 나는 가련한 미야지마에게 더 이상 아무 말도 하지 않고 다시 침낭으로 기어 들어갔다.

시각은 벌써 자정을 넘어섰다.

심호흡을 하고 눈을 감았다.

장시간의 운전으로 지친 몸에서 서서히 힘이 새어 나갔다.

그대로 나는 잠의 세계로 빠져들었다.

얼마나 잤을까?

나는 어떤 '소리' 때문에 잠에서 깼다.

달콤하면서도 납처럼 무거운 졸음에 아직 몸이 지배당한 채여서 완전히 깼다기보다는 아련하고 애매한 각성이었다. 살짝 실눈을 떴으나 망막에 아무것도 비치지 않았다. 주위는 여전히 눅눅한 암흑으로 감싸여 있었다.

다시 눈을 감았다. 나는 비몽사몽인 채로 무심히 그 '소리'에 귀를 기울였다.

다음 순간, 머릿속 한가운데가 쓰윽 얼어붙는 듯했다.

이번엔 확실히 깼다.

그 '소리'는 '목소리'였다.

아이들 몇 명이 뛰어놀면서 지르는 환호성과도 비슷한 '목소리'였다.

그 '목소리'는 텐트 바로 옆에서 들리는 것 같기도 하고, 수십 미터 떨어진 곳에서 들리는 것 같기도 했다.

나는 손목시계 불을 켜고 시각을 확인했다.

새벽 2시가 지났다.

이런 시각에 아이들이 놀고 있을 리 없다. 게다가 여기는 한겨울의 깊고 깊은 숲이 아닌가? 다른 사람이 없다는 사실은 이미 확인했고 혹시 못 보고 지나쳤다 하더라도 시각이 시각이다. 달빛조차 없는 암흑 속을 아이들이 뛰어다닐 리 만무하다.

서, 설마…….

뭐지, 이 '목소리'는…….

마음속으로 중얼거렸다.

나는 최대한 소리 내지 않도록 애쓰면서 머리까지 침낭 속으로 푹 넣었다. 냉기가 등을 파고들어 온몸에 소름이 돋았다.

나를 감싸는 암흑은 기묘하리만치 끈적끈적하고 오싹했다.

지금 이 순간만큼은 절대 눈을 떠선 안 된다.

나는 그렇게 확신했다.

만약 눈을 뜨면…….

급속히 빨라진 고동이 귀 안쪽을 압박하여 온몸이 두근두근 울리기 시작했다. 그 소리를 '목소리'의 주인공들에게 들키면 안 된다 생각하니 심박이 한층 더 격렬해졌다.

그 '목소리'가 멀리서 들린다 싶다가도 다음 순간엔 바로 귀 옆에서 들렸다. 이미 텐트 안에 '뭔가'가 들어와 있는 게 확실했다.

안 돼. 의식하지 마.

의식하지 말고 일단 자자.

잔다. 잔다. 잔다…….

무수한 '목소리'가 귀에 대고 속삭이는 소리를 들으며, 나는 마음을 공백 상태로 만드는 데에 온 힘을 집중했다.

어느 순간, 잠에 빠져들었다.

그리고 꿈을 꿨다.

이 캠핑장 이 텐트 안에서 반듯이 누워 자는 꿈이었다. 꿈속 세계는 햇빛이 쏟아지는 아침이었고 나는 눈을 뜨고 있었다. 아무 생각 없이 텐트 천장만 멍하니 응시했다. 텐트 밖에서 아이들의 함성이 들렸다.

이제 슬슬 일어나서 밖으로 나가볼까?

꿈속의 내가 그렇게 생각했을 때.

푹…….

천으로 된 텐트 벽에 희미하게 빛나는 칼날이 꽂혔다.
"어……."
식칼이었다.
누군가가 밖에서 내 텐트를 칼로 푹 찌른 것이다.
회칼처럼 길쭉하고 날카로운 날이 조금씩 텐트를 가르며 천천히 아래쪽으로 미끄러졌다.

주주죽, 주주주주죽, 주죽, 주…….

나일론 섬유의 째지는 소리가 텐트를 울렸다.
세로로 40센티 정도 찢어졌을 때 칼이 움직임을 멈췄다.
나는 정신줄을 놓은 상태로 정지한 긴 칼날을 응시했다.

슥.

꽂혔던 칼날이 밖으로 빠졌다.
이번엔 칼 대신 하얗고 가는 것이 쑥 들어왔다.
손가락이었다. 어린아이의 양쪽 손.
다음 순간.

하얀 손가락이 텐트의 찢어진 부분을 잡고 확 열었다. 마름모꼴로 벌어진 틈으로 단발머리 소녀가 얼굴을 쓰윽 들이밀었다.

"어……."

나는 경악한 나머지 그 자리에 굳어버렸다.

일본 인형을 연상케 하는 얼굴이었다. 까만 눈동자에선 감정이 전혀 느껴지지 않았다. 그러다 문득 입가가 좌우로 벌어졌다.

웃은 것이다.

나는 꿀꺽 침을 삼켰다. 목소리가 나오지 않았다.

소녀의 창백한, 혈관이 비쳐 보이는 피부. 피처럼 빨간 입술.

왜 웃어?

나는 가까스로 정신을 차리고 악질적인 장난으로 나를 놀라게 한 아이를 야단치기 위해 몸을 일으켰다.

"무, 무슨 짓이야, 이 녀석!"

소리 지르며 텐트에서 뛰쳐나가려던 순간.

꿈에서 깼다.

벌렁벌렁 날뛰는 심장을 진정시키기 위해 급히 심호흡을 했다. 귀가 얼얼할 만큼 추운데도 온몸에 땀이 배어 있었다.

꿈속에서 찢어진 쪽에 손을 대보았다. 현실의 텐트는 찢어지지 않았다. 당연하다.

휴우, 이상한 꿈을 꿨네…….

정신을 차리고 보니 밖은 이미 밤에서 아침으로 옮겨가는 시간대였다. 어스레한 빛이 녹색 텐트를 투과하여 안을 아련한 황록색 공간으로 만들어놓았다.

이제 아침인가.

지난밤 일련의 사건이 떠올랐다.

그리고 방금 꾼 꿈…….

아이들의 목소리.

나는 심한 오한을 느끼며 침낭 안에서 가만히 귀 기울였다.

들리는 건 물소리뿐.

괜찮다. 이제 아침이다.

조금 긴장한 채 나 자신을 달래면서 텐트 밖으로 기어 나왔다.

캠핑장 전체가 농밀한 젖빛 안개로 뒤덮여 있었다.

20미터 앞이 보이지 않았다.

'화이트아웃'이라는 단어가 뇌리를 스쳤다.

곧 미야지마도 자기 텐트에서 기어 나왔다.

그 '목소리', 혹시 미야지마도 들었을까…….

궁금했다. 만약 미야지마가 못 들었다면 내가 잘못 들었거나 환청이었다는 말이 된다. 차라리 그랬으면 좋겠다.

미야지마가 비틀비틀 이쪽으로 걸어온다. 그 모습이 어쩐지 이상했다. 눈 아래가 시커먼 데다 묘하게 피폐한 모습이다. 게다가 미야지마는 원래 엄청난 늦잠꾸러기여서 아직 어스레한 새벽에 일어났던 적이 단 한 번도 없지 않은가?

불길한 예감이 들었던 나는 지난밤의 '목소리'가 현실의 것인지 아닌지 확인하고 싶어서 인사도 하는 둥 마는 둥 질문부터 던졌다.

"아침부터 좀 이상한 질문인지도 모르는데……."

그때 미야지마가 억지로 끼어들었다.

마치 내 말을 막으려는 듯…….

"나, 나는, 못 들었어."

"응?"

"애, 애들 목소리 같은 거, 전혀, 안 들렸어."

"어……."

"모리사와, 너, 아침 댓바람부터 이상한 말 좀 하지 마. 바보 아 냐? 그런 말을 하다니."

"그런 말이라니……. 나, 아직, 아무 말도 안 했는데……."

"……."

이때 나는 이 캠핑장에 들어온 것을 처절하게 후회했다.

우리는 황급히 텐트를 접어 오토바이에 싣고 이 무시무시한 장소에서 도망치듯 빠져나왔다.

농밀한 안개 때문에 바로 앞이 보이지 않는 숲길을 거의 걷는 듯한 속도로 내려가며 나는 생각했다.

이 세상엔 눈에 보이지 않는 세계가 있다.

희한한
미야자키 이야기

해수면에서 2미터 이상 높이 쌓아올린 소파블록(파도가 거센 방파제 주변에 설치하는 콘크리트 블록 – 옮긴이).

그 꼭대기에 걸터앉아 느긋하게 낚싯줄을 드리웠다.

이대로 그럭저럭 두 시간은 지났을 것이다.

한겨울의 바닷바람이 난폭하게 볼을 쓰다듬고 지나가지만, 바라보면 저절로 미소가 지어질 만큼 하늘도 바다도 넓고 푸르다.

그 시원스러운 풍경에 조금이나마 위로받는 것 같았다.

오늘의 조과는 맹독을 품은 복어 두 마리뿐.

이러면 하품이 멎지 않는 게 당연하다.

가능하다면 채비를 좀 더 멀리 던지거나 미끼를 바꾸거나 하며 여러 가지로 궁리하고 싶지만, 오토바이를 다리 삼아 노숙 여행을 하는 중인 가난뱅이 나그네로서는 낚시 도구가 변변치 않아 궁리하는 것에도 한계가 있다.

마음 같아선 첨벙! 하고 바다로 뛰어들어, 바위 밑에 숨은 물고기를 작살로 찌르거나 수면에 둥둥 떠다니며 헤엄치는 물고기 입 안에 미끼를 쏙 넣고 싶지만, 혹한의 추위 속에서 즐기는 수영은 애초에 내 취미가 아니니까.

"물고기가 안 잡혀도 넓은 바다를 바라보며 낚싯줄을 드리우는 것만으로 행복해"라는 낚시꾼들의 말을 나는 아무래도 받아들이기가 힘들다. 왜냐하면 나는 거의 매번 '먹을 것을 확보하기 위해' 낚싯대를 손에 들기 때문에 못 낚으면 배가 고파서 비참한 기분이 드니까.

옆을 보니 이 여행의 동반자인 미야지마가 입을 크게 벌리고 있다. 내 하품이 옮은 모양이다.

"아~아, 미야지마처럼 입 크게 벌리고 미끼로 달려드는 바보 같은 물고기 어디 없을까……."

"시끄러. 있었다면 벌써 낚였겠지. 추운데…… 우리 그만할까?"

"그럴까? 더 앉아 있어도 낚일 것 같진 않아……."

우리는 짧은 낚싯대를 세우고 바다를 향해 원망스러운 시선을 던졌다.

그때.

오른편 파도 사이로 커다란 대야 같은 것이 떠 있는 게 보였다.

"야, 미야지마. 엄지동자가 있어."

게다가 그 대야에는 사람이 타고 있었다.

긴 대막대기로 물을 헤치며 재주 좋게 파도 사이를 이동하는 남자에게 한동안 우리 시선이 박혔다. 바람 때문에 수면이 거친데도 뒤집어지지 않고 순조롭게 전진한다. 패들이나 노를 쓰면 편할 텐데 왜 대막대기일까? 아니 그보다 다 큰 어른이 대야를 타고 다닌다는 것 자체가 난센스다.

"엄지동자는 키가 한 치잖아. 그렇게 작진 않은데?"

바로 옆에서 미야지마가 웃으며 말했다.

"그럼 몇 치나 될까?"

"내가 이래 봬도 수학을 잘했지. 으음, 한 치가 약 3센티미터니까……."

미야지마가 손가락을 꼽으며 하찮은 계산을 하는 동안, 대야 속 남자는 우리가 앉은 소파블록 바로 아래까지 다가왔다. 가까이서 보니 160센티쯤 되는 것 같다. 대충 '쉰셋 치' 정도인가?

남자는 대막대기를 대야 가장자리에 두더니 대신 일자드라이버와 쇠망치를 손에 들고 소파블록 표면을 캉캉캉캉! 격하게 치기 시작했다.

"뭐하세요?"

소파블록 위에서 내가 몸을 내밀고 소리쳤다. 남자는 "허억" 하고 기묘한 목소리를 내지르더니 대야 안에서 엉덩방아를 찧었다.

그리고 두리번두리번 좌우를 둘러보았다.

"위요, 위를 보세요."

가까스로 머리 위에 있는 나를 찾았다. 눈부신 듯 이쪽을 올려다본 남자의 얼굴은 반질반질한 초콜릿색이었고 군데군데 주름이 깊이 패여 있었다. 노어부의 분위기가 물씬 풍기는 할아버지였다.

"어디서 소리가 들리나 했더니, 자네였나? 깜짝 놀랐네."

할아버지는 멋쩍은 듯 머리를 긁적이며 질문에 대답해주었다.

"나 지금 굴 따고 있지."

"굴이요?"

"응. 이게 전부 굴이야."

할아버지는 그렇게 말하고 나서 다시 소파블록 표면을 치기 시작했다.

"미야지마, 들었어? 소파블록에 붙은 굴 따고 계신대."

"맛있겠다……."

"저기요! 배가 고파서 그러는데 우리도 굴 따도 되나요?"

또 머리 위에서 소리쳤다.

"얼마든지 있으니 마음대로 따."

할아버지는 눈꼬리의 주름이 한층 깊어진 표정으로 싱긋 밝게 웃었다.

미야지마와 나도 얼굴을 마주 보고 헤벌쭉.

낚시는 실패했어도 이것으로 저녁 메뉴는 정해졌다.

"그런데 드라이버랑 쇠망치 없으면 못 따. 갖고 있나?"

"있습니다앗!"

우리는 소파블록 위를 깡충깡충 뛰어서 오토바이가 있는 곳으로 돌아가 차량용 공구박스에서 드라이버를 꺼냈다. 십자드라이버였지만, 뭐 어떻게든 되겠지. 쇠망치가 없어서 대신 적당한 돌멩이를 주웠다.

할아버지 말대로 소파블록 표면에 굴이 얼마든지 붙어 있었다. 그러나 살이 통통한 '살아 있는 굴'은 수면에 닿을락 말락 한 곳이나 얕은 수면 아래에만 있었다. 그보다 위에 있는 굴은 말라서 안이 텅텅 비어 있다. 즉 껍질뿐이었다.

나는 겹겹이 쌓인 소파블록 틈을 밟고 조심조심 내려가 양다리로 버티고 서서 바다에 빠지지 않게끔 균형을 잡았다. 드라이버와 돌멩이를 양손에 들고 있으니 위태위태하다. 자칫 균형을 잃으면 한겨울 바다에 풍덩 빠질 수도 있다.

휘청거리면서도 가까스로 균형을 잡고 굴을 두드려보았다.

캉캉캉!

오옷, 쉽게 떨어졌다.

라고 생각한 순간, 굴이 소파블록 틈으로 빠져버렸다.

오~ 마이갓!

출렁거리는 투명한 바닷속으로 가라앉는 귀중한 단백질을 바라보면서 나는 없는 지혜를 짜냈다.

떼어낸 굴을 안전하게 얻으려면, 왼손으로 잡은 드라이버 끝을 굴 가장자리에 대고, 같은 왼손 손바닥으로는 굴을 위에서 단단히 눌러야 한다. 그리고 오른손에 잡은 돌로 드라이버 엉덩이를 친다. 흐음, 그러면 된다.

나는 소파블록에 배를 깔고 엎드린 채 균형을 잡으며 다시 한 번 도전했다. 이번엔 수확에 성공했다.

내 쪽에서 보이지는 않았지만 미야지마가 돌멩이로 내리치는 소리만큼은 기운차게 울렸다. 동반자도 식료품 확보를 위해 열심히 노력하고 있었다.

문득 옆을 보니 대야 속의 할아버지가 소파블록 틈에 대막대기를 끼우고 끌어당기듯 조작하며 자유자재로 이동하는 모습이 보였다. 역시 대야라면 블록과 블록 사이의 좁은 틈에도 쏙 들어가겠구나. 굳이 긴 대막대기를 쓴 이유도 잘 알겠다.

그로부터 한 시간 후.

나는 굴을 서른 개 정도 모았다.

소파블록에 붙어 생육하는 자연산 굴이기에 크기는 작지만 이만큼 많으면 저녁 식사로 부족함이 없으리라.

미야지마가 모은 굴은 나보다 훨씬 많아서 커다란 편의점 봉투가 터질 지경이었다.

"우왓, 너 대단하다. 어떻게 그렇게 많이 잡았어?"

대놓고 칭찬했더니 미야지마가 500엔짜리 동전이 아홉 개는 들어갈 만큼 콧구멍을 넓히며 비닐봉투를 내민다.

"자, 어때? 이것이 나님의 실력이다."

받아드니 묵직했다.

신선한 식재료를 보면 배 속에서 저절로 힘이 솟아난다.

"오늘 저녁엔 별이 가득한 하늘을 바라보면서 갓 잡은 굴을 안주로 맛있는 토속주나 술술 마셔볼까나?"

"좋지."

우리는 얼굴을 마주 보고 으흐으흐 하고 수상한 소리를 내며 웃었다.

얼마 후 겨울 해가 등 뒤의 산 너머로 뉘엿뉘엿 지기 시작했다.

하늘이 부드러운 파인애플색으로 물들었다.

바닷가 공터에 텐트를 친 우리는 밤에 모닥불을 피우려고 장작을 열심히 모았다. 그때 어디선가 불쑥 나타난 수염이 덥수룩한 50대가량의 남자가 "어이, 자네들" 하면서 친근하게 말을 걸어왔다.

"모닥불 피우게?"

"예. 그럴 생각인데요……."

"그럼 저기 있는 나무 가져와서 써도 돼. 오히려 태워주면 나는 좋아."

남자가 손가락으로 가리킨 곳에 당장이라도 무너질 것 같은 폐가가 있었다. 지붕도 벽도 허물어져서 쓰레기더미로 보일 지경이었다.

"저 안에 굴러다니는 가구도 원하는 만큼 많이많이 태워줘."

남자는 그렇게 말하고 발길을 돌려 황혼이 내려앉은 숲 속으로 사라졌다.

으하핫, 오늘은 운이 좋네.

장작 걱정 없이 마구마구 태울 수 있겠다.

신바람이 난 우리는 바싹 마른 널빤지를 모으고 벽에서 두꺼운 판자를 떼어냈다. 그런 다음 가라테의 대가인 미야지마가 발차기로 적당히 잘랐다.

"오옷, 편리한 물건 발견."

기와 조각 사이에서 작고 동그란 밥상을 발견했다. 노숙하면서 밥상을 사용하다니 이게 웬 사치냐? 게다가 식사 후엔 장작처럼 태워도 된다.

"왠지 이 밥상 말이야, 호시 잇테쓰(만화《거인의 별》등장인물. 은퇴한 야구 선수로 이루지 못한 꿈을 아들이 이루어주기를 바라면서 어릴 때부터 혹독하게 훈련시킨 것으로 유명하다. 극중에서 화나면 종종 밥상을 엎곤 했다-옮긴이)가 뒤엎던 그 밥상 같지 않아?"

나는 미야지마의 말을 듣고 밥상 가장자리에 칼로 '잇테쓰'라는 글자를 새겨 넣었다. 그걸 본 미야지마가 어린아이처럼 좋아하더니, '잇테쓰 밥상' 위에 돌멩이와 나무 조각 따위를 잔뜩 올리고는 그 앞에 책상다리로 털썩 앉아 갑자기 고함을 꽥 지르는 것이다.

"반찬이 이게 뭐야~앗!"

밥상을 우당탕 뒤엎으면서.

"아아아~ 대박 통쾌하다. 이거, 내 오랜 꿈이었는데. 평생에 단 한 번이라도 좋으니까 해보고 싶었어."

설마 내 친구가 이렇게도 소박한 꿈을 품고 있었을 줄은 전혀 몰랐다. 멋지게 꿈을 이룬 미야지마가 마치 변비에서 해방된 듯 후련한 얼굴을 한다.

비록 시시한 꿈이라도 이룬다는 건 멋지다.

해가 떨어지자 기온이 순식간에 내려갔다.

풍부한 장작을 확보한 우리는 추위에 지지 않을 성대한 모닥불을 피우고 코펠에 물을 끓였다. 이제부터 갓 잡은 굴을 삶을 것이다.

"우선 굴 껍질부터 벗기자."

내 말이 채 끝나기도 전에 미야지마가 자랑스러운 수확물을 잇테쓰 밥상 위에 우르르 쏟았다. 적게 어림잡아도 150개는 될 것 같았다.

"너 용케도 많이 땄네. 천재야, 천재."

내가 칭찬을 퍼부으면서 그중 하나를 손에 들고 칼로 힘겹게 열었는데…….

"응? 미야지마, 이거 안이 비었어."

"어, 진짜?"

"응. 너 설마……."

이런 불길한 예감은 대체로 적중하는 법이다.

그랬다. 미야지마가 열심히 모은 대량의 굴은 모두 안이 텅 빈 껍질뿐이었다.

"아으으윽……."

"너 말이야, 아까 이것이 나님의 실력이라고 했지? 너의 실력, 오늘 아주 자~알 알았네."

"으으윽, 진짜……."

참담한 얼굴로 어깨를 푹 떨군 동반자의 모습은 그야말로 코미디였다.

그러고 보니 예전에도 비슷한 일이 있었다. 다 같이 산나물을 캐러 갔는데 미야지마 혼자 열심히 잡초를 뽑아 왔다.

"너는 참 착한 놈이야. 자원봉사로 소파블록 청소도 해주고."

나는 웃으면서 동반자의 어깨를 두드려주었다.

실망한 미야지마가 손에 든 칼을 휙 내팽개치더니 거친 숨을 내뱉는다.

"제, 젠장~ 반찬이 이게 뭐야~앗!"

큰 소리로 짖으며 굴 '껍질'이 잔뜩 차려진 잇테쓰 밥상을 우당탕 뒤엎는 게 아닌가?

이렇게 미야지마는 하루에 두 번씩이나 '오랜 꿈'을 이루었다.

우리는 '내가 수확한 굴'을 코펠에 넣고 삶으며 캔맥주를 땄다.

"자, 미야지마의 오랜 꿈이 두 번씩이나 이뤄진 걸 축하하며, 건배!"

"아냐, 나의 진짜 꿈은 호시 휴마(만화 《거인의 별》의 주인공. 밥상을 자주 엎는다는 호시 잇테쓰의 아들이다 – 옮긴이)가 거인의 별이 되는 건데……, 뭐, 일단 건배하자!"

우리는 웃으면서 꿀꺽꿀꺽 목을 울렸다.

이제 드디어 굴을 맛볼 차례다.

"자~알 먹겠습니다아앗!"

통통하고 몰캉몰캉한 하얀 살에 간장을 살짝 뿌려서 한입에 덥석! 먹었는데…….

"응?"

맛이 있는 듯, 없는 듯…….

"야, 모리사와, 이거 소스 아냐?"

꿈을 이룬 남자가 미간에 주름을 잡았다.

"어, 아닐 텐데……."

조금 전 슈퍼마켓에서 산 병에 틀림없이 '간장'이라 적혀 있었다. 그 순간 퍼뜩 생각났다.

그랬다…….

"맞아, 규슈(九州) 간장은 달달해."

"오~마이갓!"

규슈 출신 친구들은 이 달콤한 간장에 찍어 먹어야 회의 세련된 맛을 즐길 수 있다고 주장하는데, 참으로 죄송스럽지만 나는 그 의미를 눈곱만큼도 이해할 수 없다.

"모리사와, 이거 좀 맛없다. 어쩌지?"

"어쩌지라니. 으윽, 할 수 없지……."

나는 밥상에 양손을 짚었다.

"으, 으앗, 잠깐! 잠깐만 기다려! 간장이 달아도 먹을 수는 있잖아. 아까워! 안 돼!"

혼자만 꿈을 이룬 남자가 다급하게 내 앞을 가로막았다.

"어, 뭐가 안 돼?"

"뭐가라니…… 밥상 엎으려는 거 아니었어?"

"설마."

나는 밥상에 양손을 짚고 "어이차" 하고 일어나 짐 안에 있는 소금을 꺼내 가지고 왔다.

"간장이 이러면 소금으로 먹을 수밖에 없겠지?"

"뭐, 뭐야…… 헷갈리게 하지 마."

결국 우리는 필사적으로 모은 소량의 굴에 소금을 뿌려 먹어야 할 처지에 놓였지만, 뭐 그래도 그럭저럭 맛있었으니 됐다.

이날 이후로 규슈 지방을 여행할 때는 내 입에 잘 맞는 '달지 않은 간장'을 반드시 지참해야 한다는 교훈을 얻었다.

우리는 맥주를 눈 깜짝할 사이에 다 마셔버리고 토속주로 옮겨 갔다. 이 동네 주류점에서 "제일 싸고 대중적인 토속주로 주세요" 라고 하고 추천받은 두 병이다. 한 병은 규슈답게 고구마 소주이고, 다른 한 병은 니혼슈다.

그런데 안타깝게도 이 술들이 또 입에 맞지 않는 것이다. 소주는 향이 너무 강하고, 니혼슈는 시럽이 들어 있나 싶을 정도로 달았다.

"규슈 사람의 미각은 도대체 어떻게 생겨 먹은 것이란 말이오?"

꿈을 이룬 남자가 말했다. 어쩐지 사이고 다카모리(西鄉隆盛, 일본 에도 시대와 메이지 시대에 걸쳐 활동한 정치가이자 무사. 사극 등에서 걸걸한 사투리로 말하는 이미지가 강하다 – 옮긴이)를 흉내 낸 것 같지만, 애당초 규슈 사람인 그가 규슈에 대해 묻는 건 이상하다.

"그러게 말이오. 나도 모르겠소. 미스터리라 아니할 수 없소."

"하오나, 일단은 알코올이오. 취하지 않으면 아깝지 아니하오."

"맞소, 맞소!"

우리는 이날 밤 호시 휴마 뺨치는 근성을 보이며 가까스로 소주를 다 비웠지만 달달한 니혼슈에는 거의 손을 대지 않았다.

• - * • - * - • - * - •

다음 날 아침 우리는 '잇테쓰 밥상'을 숲 속에 감췄다.

왜 감췄을까?

답은 단순하다. 공짜 굴과 장작을 충분히 얻을 수 있는 데다 널찍한 캠프지를 독점할 수 있는 곳은 아무리 찾아도 그리 쉽게 발견되지 않기 때문이다. 즉, 나중에 다시 오려고 편리하면서도 유쾌한 밥상을 보관해둔 것이다.

산과 바다 사이를 오토바이 타고 어슬렁어슬렁 다니는 동안 어느새 밤이 되어버렸다. 캠핑장을 찾기 귀찮아진 우리는 잇테쓰 포인트에서 남쪽으로 조금 내려온 곳에 있는 해변의 넓은 공원 정원수 뒤에 텐트를 쳤다.

즉각 맥주와 컵라멘으로 허기진 배를 채운 다음, 지난밤부터 필사적으로 도전했던 니혼슈 뒷병을 꺼냈다.

치아가 녹아버릴 것처럼 달달하다.

"자자자, 선생, 먼저 마시시지요."

"아뇨아뇨, 대선생부터 듬뿍."

평소엔 술이라면 조금이라도 더 많이 마시려고 온갖 꼼수를 부리곤 했던 우리가 이날 밤엔 성인처럼 관용을 베풀며 서로에게 양보했다……고 할까, 억지로 먹였다. 자기 코펠에는 조금만 붓고, 상대 코펠에는 넘치도록 따랐다.

지나치게 달달한 이 술, 근성으로 홀짝홀짝 마시고는 있지만 줄어들 기미가 보이지 않는다.

"으윽, 당도가 엄청나. 이거 진짜 못 마시겠어……."

148

"그래도 버리는 건 아까우니 '동서고금' 해서 지는 사람이 조금씩이라도 원샷 하는 게 어때? 돈을 썼는데 안 취하면 손해잖아."

미야지마가 가난뱅이 떠돌이다운 아이디어를 꺼냈다.

"조, 좋아. 너의 도전을 받아들이지."

'동서고금'은 다른 이름으로 '야마노테선 게임'이라고도 한다. 주제에 속하는 단어를 순서대로 리드미컬하게 대답해가는 연상 게임이다. 예를 들어 '야마노테선 역 이름'을 주제로 했다면 다 같이 짝짝 손뼉을 친 다음 순서대로 역 이름을 말하는 것이다. 짝짝 "고탄다", 짝짝 "아키하바라", 짝짝 "도쿄", 짝짝 "시나가와" 하는 식이다. 그러다 막히면 지게 되는데, 승패가 결정되면 진 사람이 다음 주제를 정할 수 있다.

"자, 시작은 전통적인 걸로 하자."

미야지마도 고개를 끄덕였다.

"동서고금, 야마노테선 역 이름은?"

너무 달아서 마시고 싶지 않은 술을 원샷……이라는 잔인하기 짝이 없는 벌칙이 붙은 '동서고금'이 시작되었다.

첫 승부는 꽤 격렬했다.

가까스로 내가 승리를 거머쥐었다.

미야지마의 코펠에 "자자, 사양 마시고"라면서 술을 듬뿍 따라주었다.

울상이 된 동반자가 단숨에 마신다.

"아으으……, 다, 달다~. 입술에 개미 끓겠다~."

지난밤에 꿈을 이룬 남자가 지금은 이 세상 끝에 선 것 같은 얼굴을 하니 웃음이 나오지 않을 리 없었다.

그 후에도 게임은 계속되었지만, 왜 그런지 나는 한 번도 지지 않았다. 미야지마 혼자 원샷을 해대고 해롱해롱 취하니, 또 취할수록 게임에 약해지는 건 당연했다.

30분쯤 지나자 취한 미야지마의 미각이 거의 마비된 듯 혀가 꼬부라져서는 더 이상 내 적수가 되지 못했다. 그러나 "으엑, 맛없어~"라고 하면서도 얼굴은 무척 유쾌해 보였다.

뭐지? 혼자 멀쩡한 내가 손해 본 기분이 드니……. 괜히 심술이 나서 내 코펠에도 술을 따라 미야지마와 함께 원샷을 했다. 한 모금 마셨는데도 너무 달아서 "으에에에엑……" 하고 혀를 내밀게 된다.

한편 주정뱅이 미야지마는 "크으으~ 너무 달아~" 하면서도 하늘에라도 오른 듯 행복한 얼굴이다.

게임에서 이긴 내가 왠지 손해 본 것 같은 불합리한 상황에 놓였으나, 입에 안 맞는 술도 마시니 점점 즐거워졌다. 그때.

나무 저편에서 남자들의 목소리가 들렸다.

"웅? 사람들이 이쪽으로 오는 것 같은데?"

내가 말하자 "핫하~. 뭐든 오라 그래"라고 술 취한 주정뱅이 말투로 동반자가 대답했다.

잠시 후 공원 안으로 우르르 들이닥친 건 자전거를 탄 소년들이었다. 중학생쯤 되어 보이는 동네 불량 청소년들이었다. 적게 어림잡아도 서른 명은 될 것 같았다. 하나같이 자전거 핸들을 위로 향하게 각도를 조절하고, 고관절이 탈구된 것 같은 안짱다리의 모습으로 페달을 밟고 있었다.

자전거 집단이 공원 잔디밭에 집합하자, 마지막으로 두 사람이 탄 가와사키 오토바이 '제파'가 천천히 등장했다.

이것으로 등장인물이 모두 무대에 오른 모양이다.

오토바이에 탄 두 사람은 풀페이스 헬멧을 단정하게 쓰고 있었고, 위법이 될 만한 개조도 하지 않았다. 의외로 착실한 인상이다. 오토바이가 자전거 집단의 선두에 서더니 시동을 껐다.

자전거 집단은 보는 사람이 유쾌해질 정도로 깔끔하게 정렬한 후, 오토바이 탄 두 사람을 향해 '차렷!'을 했다.

"어이, 미야지마, 저건 자전거 폭주족이네."

내가 작은 목소리로 말했다. 이쪽은 어둑어둑한 나무 그늘이기에 그들은 우리가 여기 있다는 걸 아직 눈치채지 못한 듯했다.

"자전거 폭주족은 처음 봤어. 공격해오면 어쩌지?"

"엉? 어쩌지라고 나한테 물으면……."

미야지마와 나는 권투도장에 다니고 있고, 게다가 미야지마는 가라테 유단자이기도 하다. 그래도 상대측 인원수가 이렇게 많다면 우리 쪽이 박살날 게 뻔하겠지.

"도망갈까?"라고 미야지마가 억지웃음을 지으며 말했다.

"도망가면 텐트랑 짐이랑 엉망진창이 될 텐데."

"그럼, 어떡해?"

나는 살짝 취한 머리를 굴렸다.

"할 수 없네. 다급한 상황이 벌어지면 우리 바보인 척하자."

그때 주정꾼 미야지마가 "크하하!" 하고 손뼉 치면서 폭소를 터뜨리는 게 아닌가?

그 웃음소리는 물론 자전거 폭주족들의 귀에 들어가고…….

우리는 그들의 주목을 한 몸에 받고야 말았다.

일당은 여전히 정렬한 채 위험한 아우라를 발하며 우리를 노려보았다. 일제히 구호를 외치면서 당장이라도 덤벼들 것 같은 긴박한 공기가 우리 주변을 감돌았다.

아아, 이거 큰일인데…….

라고 생각한 것도 한순간이었다.

오토바이 타고 등장했던 리더 격의 남자가 이야기를 시작하자, 자전거 일당이 다시 그를 향해 차렷 자세로 예의를 갖추는 것이다. 군대와 맞먹는 계급사회를 보는 듯했다.

"어? 괜찮을 것 같은데?"

"헤헤헤~ 그러게. 그럼, 다시 마시자~앙. 동서고금, 옛날 아이돌 이름~!"

짝짝 "이토 쓰카사", 짝짝 "마쓰모토 이요", 짝짝 "마쓰다 세이코",

짝짝 "노구치 고로", 짝짝 "어어어어~! 왜 갑자기 남자얏!"

"어때서 그래! 노구치 고로는 1970년대 빅스리(Big 3) 중 하나라고!"

"너, 이 자식, 호모냐!"

이렇듯 우리는 자전거 폭주족 바로 옆에서 좀 모자라 보이는 '동서고금'을 계속해갔다.

이따금 위태로운 시선이 힐끗힐끗 날아오긴 했지만, 뭐 그럭저럭 큰 문제는 없을 것 같았다.

리더 두 사람이 후배들에게 내리는 훈시가 너무나 바르고 건전했기 때문이다.

"지금부터 잘 듣도록! 우리는 깡패가 아니다. 사람들에게 폐를 끼쳐선 안 된다. 알겠나!"

"옙!"

"적 팀과는 싸워도, 일반인과는 절대 싸워선 안 된다!"

"옙!"

"싸움을 할 때는 정정당당하게, 비겁한 짓을 하지 않는다!"

"옙!"

"시험 기간일 땐 안 나와도 된다!"

"옙!"

"안 온다고 해서 따돌려선 안 된다! 우리 팀은 하나다!"

"옙!"

이런 이야기가 끝없이 이어졌다.

얼마나 멋진 젊은이들인가? 우리는 달달한 술에 취한 채 호감 어린 눈빛으로 아이들을 바라보았다.

한밤중에 '집회'를 연다 해도 넓은 공원에서 모이니 타인에게 폐가 되지 않고, 또 타고 다니는 게 자전거이니 환경에도 좋고 건강에도 좋다. 물론 소음도 없다. 유일하게 등장한 오토바이도 그냥 평범하다. 그 리더는 또 어떤가? "자네야말로 21세기의 긴파치 선생(일본의 대표적인 학교 드라마에 등장했던 주인공 - 옮긴이)이다! 자네를 모델로 금요일 8시 TV 드라마를 만들어야겠어!"라며 어깨라도 한번 안아주고 싶었다.

"야, 미야지마야."

"으응~?"

"왠지 있잖아, 일본의 미래는, 아직 밝은 것 같아."

"밝지. 이 아이들 참 바르네. 느낌이 좋은 녀석들이야. 헷헷헷헷헤~. 그럼 다음으로 가보자~, 동서고금, 《소년점프》에 연재됐던 개그만화는~?"

규율과 도덕으로 무장한 자전거 폭주족과, 땅바닥에 주저앉아 맛없는 술을 벌컥벌컥 들이켜는 타락한 나그네. 이 기이한 구도는 별이 내리는 밤하늘 아래 꽤 오랫동안 이어졌다.

대야를 타고 바다를 떠돌고, 간장과 술이 심히 달고, 품행방정한 자전거 폭주족을 만날 수 있고…….

이 정도라면 미야자키를 '희한한 지역 랭킹 1위'로 인정하지 않을 수 없으리라.

거기
텐트 치려고?

만약 당신이 노숙 여행을 쾌적하게 즐기고 싶다면 텐트를 치는 장소만큼은 신중하게 정해야 한다.

운 좋게 괜찮은 장소에 쳤다면 감탄의 한숨이 나올 만큼 아름다운 풍경을 독점할 수 있겠지만, 반대로 위험한 곳에 치면 아무튼 여러 가지로 난처한 일이 벌어진다.

졸저《푸른 하늘 맥주》를 보면 어두운 밤에 모르고 똥 위에 텐트를 치는 바람에 다음 날 아침 텐트를 접으면서 엄청난 충격을 받았다는 이야기가 실려 있는데, 조심해야 할 것은 비단 똥만이 아니다.

초겨울에 혼자 기이(紀伊) 반도를 떠돌아다니던 때의 이야기다. 가파르고 험한 산지를 관통하는 1급 하천, 구마노가와(熊野川)를 따라 오토바이 타고 어슬렁어슬렁 방황하다가 온천에 들어가서 귀여우신 동네 할머니와 이야기를 나누고 놀았던 그날, 나는 해 지기 전에 구마노가와가 급커브를 이루는 곳에서 굵은 자갈이 깔린 아름다운 강변을 우연찮게 발견했다.

도도히 흐르는 푸른 수면.

건너편 벼랑의 위용.

향기로운 숲 내음을 전해주는 강바람.

게다가 넓은 강변에 사람 하나 없다.

도로에서 강변으로 내려가 당장 텐트를 친 나는 시야에 들어오는 모든 자연을 나만의 '정원'으로 삼았다. 필요 없는 인공물은 안보이는 척 시야에서 잘라내버리면 된다.

태양이 서산 너머로 지기 시작할 즈음, 유목을 모아 모닥불을 피웠다. 밤이 되자 토속주를 따끈하게 데워서 홀짝홀짝 마셨다. 알코올에 뇌가 둥둥 뜨기 시작했을 때, 별 하나 없는 밤하늘에서 굵은 빗방울이 뚝, 뚝, 떨어졌다.

밤새우지 말고 빨리 자라는 신의 계시렷다.

나는 적당히 마무리하고 텐트로 들어갔다. 폭신폭신한 침낭에 감싸이자마자 3, 2, 1, 쿨~ 하고 금세 잠에 빠져들었다.

그로부터 얼마나 지났을까?

나는 꿈을 꾸고 있었다. 어느 제3세계의 아름다운 남국 리조트 비치에 엎드려 마치 극락에 있는 듯한 기분으로 콧노래를 부르는 꿈이었다.

에메랄드그린빛의 넓은 바다. 비키니 입은 아가씨들의 밝은 미소. 달콤한 코코넛 향기. 감미로운 파도 소리가 차르르…….

그런데 왜 그런지 파도 소리가 너무 가까운 듯…….

화들짝 눈을 떴다.

응……?

그토록 우아했던 파도 소리가 꿈속이 아닌 현실 속 내 바로 귓전에서 들리는 게 아닌가?

정말 '바로 귓전'이다.

어, 이거, 어떻게 된 일이지?

술 취한 데다 잠도 덜 깬 나는 몽롱한 상태로 옆에 있는 헤드램프를 들어 스위치를 켰다.

다음 순간, 펄쩍 뛰어올랐다.

"으아앗!"

텐트 오른쪽 천이 마치 파도치듯 흐늘흐늘 움직이는 게 아닌가! 게다가 텐트 안이 물로 흥건하다.

어, 어, 어, 어…… 뭐야 이거!

무의식중에 마음속으로 고함을 질렀다. 텐트를 때리는 세찬 빗소리. 어느새 억수같이 쏟아지고 있는 모양이었다.

나는 급히 헤드램프를 이마에 걸고 텐트에서 뛰쳐나왔다.

예상대로 불어난 강물이 내 텐트를 휩쓸어 가려 했다.

으아아~ 큰일 났다!

이미 복사뼈까지 차오른 물속에서 급히 펙을 뽑고 텐트를 짐이든 채로 철벅철벅 안전한 곳으로 옮겼다.

오토바이는 높은 곳에 세워뒀기에 무사했다.

큰일 날 뻔했다. 꿈속에 조금만 더 오래 있었더라면 지금쯤 텐트째 떠내려갔을지도 모른다. 나는 이동한 텐트 안에 들어가서야 비로소 안도의 한숨을 깊이 쉴 수 있었다.

구사일생으로 살아남긴 했지만 겨울비를 맞은 몸이 머리꼭대기부터 발끝까지 흠뻑 젖어 뼛속까지 얼어붙고 말았다.

혼자 하는 여행 중에 감기 걸리는 건 너무 싫다.

나는 좁은 1인용 텐트 안에서 발가벗고 추위에 떨면서 젖은 몸을 허둥지둥 수건으로 닦았다.

더 난처한 건 안 젖은 옷이 거의 없다는 사실이었다. 강물이 텐트 안까지 침투했기에 방수 가방에서 꺼내둔 짐과 침낭이 흠뻑 젖어버렸다. 일단 비교적 덜 젖은 옷을 골라서 있는 대로 입어보았다. 있는 대로라고 했지만 아무래도 오토바이 여행 중이라 옷이 넉넉하진 않았다.

아으윽. 이거 너무 춥겠는걸.

이 위기를 어떻게 극복하면 좋을지 후들후들 떨면서 생각하다

문득 멋진 아이디어가 떠올랐다.

그랬다. 젖어도 따뜻한 그게 있지 않은가!

여기서 그것이란 서퍼나 다이버가 착용하는 일체형 잠수복을
말한다.

여행 도중에 맑은 강이나 바다가 나오면 냉큼 들어가서 놀 수
있도록 나는 늘 잠수복을 갖고 다닌다. 설마 이런 데서 쓰게 될 줄
은 몰랐지만……

아무튼 쇠뿔은 단김에 빼라고 했다.

나는 방금 입은 옷을 당장 벗어던졌다. 팬티만 남기고 그 위에
잠수복을 입었다. 등에 달린 지퍼를 뒷목까지 올리니 역시 아까보
다는 나았다. 그렇다고 따뜻한 건 아니었지만……. '극한' 수준에
서 '아주 춥다' 수준으로 떨어진 정도랄까? 그래도 입지 않는 것보
다는 훨씬 나았다.

잠수복의 장점은 '젖어도 따뜻하다'는 것.

나는 흠뻑 젖은 침낭 안에 들어가서 다시 수면을 취하려고 노력
해보았다.

하지만 아무리 애써도 잠이 들지 않았다. 잠수복이 온몸을 꽉
조이는 데다 역시 홀로 견디기엔 힘겨운 추위였다.

결국 아침까지 한잠도 못 자고 몸을 웅크린 채 와들와들 떨고만
있었다.

아침이 되자 몸이 차가워서 그런지 소변이 참을 수 없도록 마려웠다. 입을 옷이 없는 나는 어쩔 수 없이 잠수복 차림으로 텐트에서 기어 나왔다.

밖에는 아직도 차가운 가랑비가 내리고 있었다.

우선 주위를 휙 둘러보며 적당히 서서 해결할 수 있는 장소를 찾았다. 강물이 불어나 그쪽으론 갈 수조차 없었다.

할 수 없이 숲 속에서 볼일을 보기로 하고, 산으로 이어지는 좁은 자갈길로 뛰어갔다.

까만 잠수복 차림으로 가랑비 내리는 산길을 걷는 건 꽤 용기가 필요한 일이었다. 그러나 방뇨라는 생리현상에 몰리면 누구라도 용기를 쥐어짜게 된다. 유일한 위안은 이곳이 시골이라 사람이 별로 없다는 사실이었다. 나는 주위를 둘러보고 사람이 없는 걸 확인한 후, 재빨리 도로를 건너 산 쪽의 좁은 자갈길로 들어갔다.

좋았어, 여기라면 안심이다.

등에 달린 지퍼를 엉덩이까지 내리고, 양팔을 소매에서 빼고, 잠수복을 허벅지까지 내렸다. 즉, 상반신은 알몸이 된 것이다. 하반신은 엉덩이에 철썩 달라붙은 팬티와 벗다 만 잠수복 차림이다. 이렇듯 잠수복 입고 오줌 눌 때는 실로 망측한 꼴이 된다.

그렇게 만반의 준비를 끝내고, 방뇨!

기운차게 흩뿌린 황금색 액체가 삼나무 낙엽 속으로 빨려 들어가니 모락모락 김이 났다.

휴우, 시원하다.

그런데 뒈지게 춥네…….

나는 축축한 팬티 속에 남자의 훈장을 넣었다.

잠수복을 다시 입으려던 순간.

등 뒤에서 심상치 않은 기운을 감지했다.

이 작은 산촌에, 게다가 지금 내 등 뒤에 설마 사람이 있을 리가.

놀라서 돌아보니 자갈길 중간쯤에 꽃무늬 우산을 쓴 여성이 멍하니 서 있다. 연령은 40대 중반 정도일까?

"……."

여성은 마치 유령이라도 본 듯 경악스러운 표정으로 굳어 있다.

아차, 이런 망측한 꼴을 들켜버렸으니……. 정말 큰일이다.

이 모습은 그야말로 변태가 아닌가?

"아…… 저, 저기요. 안녕하세요."

나는 딱딱한 미소를 지은 채 인사를 하면서 급히 잠수복 소매에 팔을 끼우고 등 뒤의 지퍼를 올렸다. 이로써 어떻게든 나체와 팬티를 감췄으나, 여성은 한 걸음 또 한 걸음 뒷걸음질 치기 시작했다.

어쩌지. 나를 완전히 변태로 착각하고 있다. 경찰에 신고라도 하면 큰일인데.

"아니, 저기, 그게 아니라, 전 아니에요……."

이 상황을 어떻게든 설명하려고 여성에게로 다가갔는데…….

"허억."

여성은 목소리가 아닌 듯한 목소리를 내더니 뒤로 휙 돌아 허겁지겁 달리기 시작했다.

"앗, 자, 잠깐만요……."

반사적으로 뒤쫓으려 했지만 내 안의 이성이 막았다.

뒤쫓으면 안 된다. 지금 내 몰골을 생각하라.

바다라면 몰라도 산속에서 까만 잠수복 차림이라니. 동네 사람들 눈엔 어떻게 보일까?

전신 타이즈.

응, 분명 그러하다. 그럴 게 틀림없다.

게다가 직전까지 상반신은 알몸이었고 하반신은 팬티가 노출되어 있었다. 그런 남자가 비를 맞으며 숲을 향해 서 있다가 뒤돌아서 눈이 마주치자 허둥지둥 전신 타이즈를 착용하고 다가온다면?

여자 입장에선 유령보다 무서웠을 것이다.

도망치는 게 당연하다.

나는 차가운 가랑비를 맞으며 여성이 사라진 쪽을 멍하니 보고 있었다.

그러다 곧 정신을 차리고 빠른 걸음으로 걷기 시작했다.

서둘러 짐을 챙겨 이 마을을 떠나야 한다.

이미 경찰에 신고했는지도 모른다.

나는 까만 전신 타이즈 차림으로 텐트까지 달려가 부리나케 젖은 옷으로 갈아입었다. 일단 비옷을 걸치고 오토바이에 올랐다.

목적지는 건조기가 갖춰진 코인 빨래방이다.

자, 얼른 튀자.

가랑비 속에서 스로틀을 힘차게 당겼다.

이 하룻밤으로 나는 학습했다.

강변에 텐트를 칠 때 혹시 물이 불어날 것을 고려하지 않으면 자칫 큰일을 당할 수 있다는 것을.

• - * • - * - • - * • -

이어서 한여름.

구마모토(熊本) 현의 아마쿠사(天草) 열도를 오토바이 친구인 미야지마와 여행하던 때의 일이다.

우리는 해 지기 전에 운 좋게도 푸른 바닷가의 잔디 광장을 발견했다.

"미야지마, 여기 위치도 좋고 말야, 오늘 밤 보금자리로 어때?"

한적한 곳이라 아침까지 아무도 안 올 것 같아서 더 좋았다.

"좋지. 이렇게 조용하고 쾌적한 캠프지도 드물 거야."

"이왕이면 녹지 한가운데에 텐트를 쳐버리자."

"오오오오, 그래, 우리도 사치 좀 부려보자!"

우리는 냉큼 광장 한가운데에 각각 텐트를 치고 가까운 마을로 내려가 먹을 걸 잔뜩 사다 놓고 유쾌통쾌한 밤 시간을 보냈다.

이 광장은 바다에서 조금 높은 위치였다. 철썩철썩 치는 파도 소리가 공중을 떠돌며 감미로운 배경음악이 되어주었다.

별이 총총한 밤하늘은 멋진 '극장'이었다.

우리 머리 위에서 별똥별이 몇 분마다 하나씩 주르르 주르르 미끄러졌다.

우리는 지극히 만족스러운 상태로 알코올을 듬뿍 섭취한 후 각자의 텐트로 들어가 잠을 청했다.

쾌청한 다음 날 아침.

찌~앙쨔쨔쨧쨧쨧쨧♪

나는 고막을 찢는 듯한 피아노 소리에 놀라서 일어났다.

스피커에 문제가 있는지 소리가 마구 깨진다.

"뭐, 뭐, 뭐지?"

침낭에 감싸인 채로 상체를 일으킨 나는 그 깨지는 소리를 듣고 "설마……" 하고 중얼거렸다.

살며시 밖을 내다보니…….

언빌리~버브~을!

우리 텐트 주위에 원기 왕성한 시골 할아버지 할머니들이 잔뜩 모여 있었다.

"좋은 아침! 자, 일어났으니 자네도 같이 해야지!"

바로 눈앞에 있는 러닝셔츠 차림의 할아버지가 손짓했다.

"으, 으윽……."

할아버지의 발랄하기 그지없는 미소를 무시할 수도 없어서, 나는 술이 덜 깬 채로 텐트에서 기어 나왔다.

아침에 턱없이 약한 미야지마의 뒷모습이 보였다. 회색 탱크톱 차림의 미야지마가 애처롭게 비틀거리면서 국민체조를 강요당하고 있었다.

"자네도 빨리 하게. 자, 얼른!"

채근당한 나도 떨떠름한 표정으로 옆구리 펴기 운동부터 참가했다.

나는 학습했다.

앞으로 사람 없는 녹지에 텐트를 칠 때는 어르신들이 아침 체조를 하는 곳인지 아닌지 반드시 확인해야 한다는 것을.

•-*•-*-•-*-•

이어서 늦여름. 야마구치(山口) 현의 서쪽 해안을 따라 미야지마와 여행하던 때의 일이다.

여느 때처럼 목적 없이 오토바이 타고 어슬렁어슬렁 돌아다니다 보니 어느새 밤이 되어버렸다. 이날 우리로서는 드물게 장거리를 달린 탓에 심신이 녹초가 되었다.

밤늦은 시각, 우리는 야영지를 찾아 바닷가의 좁은 길을 느릿느릿 달리고 있었다.

가로등조차 없는 컴컴한 시골길이었다.

의지할 건 헤드라이트뿐.

한참을 배회하는데 앞서 달리던 미야지마가 갑자기 오른쪽 깜빡이를 켜고 오토바이를 세웠다.

잔디로 뒤덮인 자그마한 광장 앞이었다.

"여기 잔디도 있고 괜찮겠는데?"

미야지마가 지친 목소리로 말했다.

"그러네. 파도 소리도 들리고 괜찮네."

솔직히 나도 너무 피곤해서 어디든 좋았다.

우리는 당장 오토바이에서 짐을 내리고 텐트를 쳤다.

잔디가 잘 손질되어 있어 폭신폭신한 이불처럼 쾌적했다.

"잘 자."

"너도."

우리는 각자 텐트 안에서 잠의 세계로 빠져들었다.

다음 날 아침.

나는 미야지마의 목소리에 잠에서 깼다.

"어, 정말 괜찮나요?"

"오호호. 이것도 인연이니, 자, 사양 말고."

"와아아, 감사합니다. 잘 먹겠습니다."

그런 대화가 들렸다.

상대는 어쩐지 중년 여성인 듯했다.

나는 잠에서 막 깨어 찌뿌둥한 몸으로 "으으으……" 하고 신음 소리를 내면서 텐트 밖으로 나왔다.

그 순간, 내 눈을 의심하지 않을 수 없었다.

뭐, 뭐지?

놀랍게도 남의 집 정원 안이었다.

"오오, 모리사와, 일어났어? 방금 이 집 아주머니가, 이것 봐, 시원한 토마토를 주셨어. 그리고 저쪽 우물물로 세수해도 된대."

"자, 잠깐만."

"응?"

"우리 다른 사람 집 앞마당에 텐트 친 거였어?"

"맞아. 나도 아주머니가 깨웠을 때 깜짝 놀랐어."

"이 집 사람들이 더 깜짝 놀랐겠다."

"아하하하. 그랬겠다."

빨갛게 잘 익은 갓 딴 토마토를 손에 든 미야지마가 유쾌한 듯 웃었다.

그러고서 우리는 가족에게 죄송하다는 인사와 감사하다는 인사를 전하고, 뻔뻔스럽게도 우물까지 빌려 양치질을 하고 세수하는 김에 머리까지 감고, 토마토를 덥석덥석 먹어 치우면서 "맛있다~!" 하고 웃고, 급기야 집에 들어가서 아침 식사와 커피까지 대접받고야 말았다.

이날 나는 학습했다.

어둑어둑한 잔디밭에 텐트를 칠 때는 혹시 다른 집 정원일지도 모른다고 한 번쯤 의심해야 한다는 것을.

물론 정원이라는 걸 알아차렸다면 당당하게 텐트를 쳐야 한다.

다음 날 아침의 멋진 만남을 위해.

물론 그랬다가 경찰에 신고당한다 해도 나는 책임질 수 없으니, 양해해주시길.

꽉 막힌
A 군의 예언

초장부터 이런 이야기를 하면 너무 노골적이다 싶지만, 나는 오토바이를 타고 방랑하는 중에 비슷한 여행자를 만나는 게 좀 귀찮았다. 왜냐하면 가치관이 달라서 이야기를 나누어도 전혀 재미없는 경우가 많았기 때문이다.

그들 대부분은 '실적 쌓기'를 위해 여행하고, 여행 스타일은 너무 '성실'하며, 착실히 주행거리를 벌어 목적지에 도달하는 것을 중시한다. 도달했다는 데에 '성취감'을 느끼고 모든 것을 이룬 자신에게 도취된다.

그러니 대낮부터 술을 마셔대고, 강이나 바다로 뛰어들어 물고기를 쫓아다니고, 동네 할머니랑 수다를 떨고, 개구쟁이 아이들을 놀리고, 노천탕에서 헤엄치고, 쾌적한 캠프지를 만나면 며칠간 떠

나지 않고 책을 읽느라 조금도 앞으로 나아가지 못하는 나 같은 타락한 떠돌이와는 통하는 점이 하나도 없는 것이다.

한시라도 빨리 '실적'을 올리려 길을 서두르고, 그 와중에도 증거 사진을 찍고, 무사히 집으로 돌아가서 안도의 한숨을 내쉬고, 그 여행이 '얼마나 험하고, 고통스럽고, 위험하고, 대단했는지'를 반추하면서 자신의 경험을 주위에 전하려 애쓰는 그들과 달리, 나는 그런 고행과도 같은 여행에 귀중한 시간과 돈을 쓸 수 없었다. 그러니 대화를 나누더라도 서로 조금도 공감할 수 없는 것이다.

어느 해 여름방학에 20일 정도를 들여 서일본을 어슬렁어슬렁 오토바이 타고 돌아다녔을 때도 가치관이 정반대인 여행자를 만났다. 그의 이름은…… 으음, 어, 뭐였더라? 까맣게 잊었으니 그냥 A군이라고 하겠다.

그날 나는 돗토리(鳥取) 현의 해안을 따라 뻗은 방풍림 속에 텐트를 쳤다.

파란 젤리처럼 잔잔한 바다가 눈앞에 펼쳐져 있고, 숲 속이라 바람이 살랑살랑 부드럽고, 직사광선을 피할 수 있고, 쌓인 잎들로 땅이 폭신폭신하여 잠자리로 안성맞춤이고, 공중화장실과 수도가 가까이에 있고, 텐트를 쳐도 지나가는 사람들 눈에 거의 띄지 않고, 오토바이 타고 조금만 달리면 술 파는 가게가 나오는 무척 쾌적한 캠프지였다.

태양이 수평선으로 다가감에 따라 세상이 조금씩 파인애플색으로 변할 즈음, 나는 홀로 바다를 바라보며 쉬고 있었다.

여름 바다의 부드러운 파도 소리.

내 머리 위에서 나뭇잎끼리 서로 스치며 나누는 속삭임.

얼음처럼 차가운 맥주와 페이퍼백 소설.

나는 행복감 속에 푹 빠져 있었다.

그런 나를 향해 배기량 400cc의 오토바이가 달려왔다.

뒷자리엔 대량의 짐이 실려 있었다. 장거리 투어 중이라는 건 묻지 않아도 알 수 있었다.

아아, 모처럼 우아한 시간을 만끽하고 있는데…….

생각은 그렇게 해도 그런 속내를 드러낼 정도로 까칠한 성격은 아니었기에, 나는 오토바이를 세우고 헬멧을 벗는 남자에게 눈인사를 했다.

그러자 남자가 안도한 표정으로 내 텐트 바로 옆을 가리키며 이렇게 묻는 것이다.

"여기 텐트 쳐도 되나요?"

앗, 바로 옆에?

무척 싫었지만 내 입이 "상관없어요"라고 말해버렸다. 왜 싫었냐면 이 남자와는 '안 맞다'는 걸 한눈에 알았기 때문이다. 섭씨 35도가 훌쩍 넘는 무더위 속에서 남자는 시커멓고 두툼한 일체형 가죽 슈트를 입고 있었다. 가죽장갑에 롱부츠까지 신었다. 슈트 안은 이미 한증막일 것이다. 아무리 생각해도 미친 짓이다. 교과서대로 사는 이런 녀석은 다른 방식으로 사는 인간을 무조건 부정할 게 틀림없다. 경험상 나는 척 보면 안다.

그리고…… 역시 남자는 그런 타입이었다.

게다가 믿을 수 없을 정도로 꽉 막힌 외골수였다.

오토바이에서 내린 남자는 자신을 A라고 소개했다. 나보다 어려 보였다. A 군은 말 그대로 폭포 같은 땀을 줄줄 쏟으며 내 발끝에서 머리꼭대기까지 마치 핥듯이 체크했다. 탱크톱에 반바지에 샌들에 캔맥주인 내가 마음에 안 드는 것이다.

"응? 무슨?"

내가 묻자 A 군이 미간에 주름을 잡고 말했다.

"오토바이 여행 중에 술을 마시다니요?"

"오늘은 이제 운전 안 할 건데 뭐."

"그래도 만일의 경우가 생길지도 모르니 안 마시는 게 좋아요. 그리고……."

"그리고?"

"설마 그 차림으로 달리는 건 아니겠지요?"

"달리는데?"

나는 맥주를 벌컥 마시고 대답했다. A 군은 짐승이라도 보는 듯한 시선을 내게 던졌다.

제2장 틀에 갇힌 인간 • 173

"말도 안 돼. 넘어지기라도 하면 어쩌려고요? 오토바이 여행자로서 매너를 잘 배워야죠."

이 대사를 들은 순간, 나는 체념했다. 오늘 저녁의 행복은 이 남자가 등장한 순간 끝나버렸다.

"넘어져서 아픈 건 그쪽이 아니라 나니까 괜찮잖아."

"괜찮지 않아요. 다치면 여행도 엉망이 돼버리잖아요."

찌는 듯한 날씨에 가죽 슈트 입고 더위에 시달리는 여행이 더 엉망이라는 생각이 들었지만, 역시 입 밖에 내지는 않았다. 대신 두 개째 캔맥주로 내 입을 막았다. 그렇게라도 하지 않으면 "시끄러. 저쪽으로 가"라고 말해버릴 것 같았다.

"또 맥주예요? 제 말 듣고 있나요? 탱크톱 차림으로 오토바이를 타다니, 한마디로 말해 라이더로서 실격이에요."

처음 만나는 연하남에게 '실격'이라는 낙인까지 찍히고 말았다.

그날 밤.

예상대로 나는 A 군의 이야기 상대로 붙잡히고 말았다. A 군은 땅바닥에 앉고 나는 접이식 의자에 앉아 있었다.

"모리사와 씨, 내일은 어디로 가나요?"

물통에 든 물을 마시면서 A 군이 물었다.

"아무 데도 안 가. 여기서 느긋하게 쉴 거야. 마음이 동하면 지도 펼치고 적당히 괜찮아 보이는 강을 찾을지도 모르고."

버번 위스키로 병나발을 불며 대답했다.

"어, 왜 앞으로 나아가지 않나요?"

"앞이라니?"

"목적지요. 어디로 향하는 거예요?"

목적은 '그날의 쾌락'이야……라고 말하려다가 관뒀다. 설명하기 귀찮았다. 대신 "저쪽인가?"라고 대충 손가락질했다.

"어, 서쪽이요? 내가 서쪽에서 왔잖아요. 유명한 ○×곳은 별거 없으니 안 가는 게 좋아요. ○×해안은 정말 예쁘니까 꼭 가보시고요. 거기는 안 가면 손해예요. 또, ○×절벽은,"

A군이 말한 장소는 모두 몇 번이나 가봤다. A군이 '안 가는 게 좋다'라고 한 곳에서 낚시를 하면 맛있는 근어가 무더기로 잡힌다는 사실도 안다.

"A군, 여행 시작하고 얼마나 됐어?"

"벌써 5일 됐어요."

이 무렵 나는 연간 120일 정도를 여행하며 지냈다. 그러니 A군의 거만한 얼굴에 고개를 절레절레 흔들게 되는 것이다. 그러나 A군은 타락한 나를 완전히 수준 떨어지는 떠돌이로 보았다. 이것저것 충고를 하더니 닷새간의 '모험' 이야기를 청산유수처럼 쏟아냈다.

빗속을 하루에 300킬로 달린 적이 있다든가, 그때 넘어져서 발목을 다쳤는데 근성으로 목적지까지 도달했다든가, 이틀간 이야기할 상대가 없어 고독과 싸웠다든가, 아침이랑 저녁에만 달리고 낮에는 더우니 찻집에서 쉬어야 한다든가, 여행 '증거사진'은 곳에서 찍어야 제맛이라든가, 이 여행을 '달성'하면 인생이 바뀔 것이라든가, 매일 조금이라도 좋으니 주행거리를 벌어야 한다든가…… 아무튼 내게는 이해할 수 없는 말들이었다.

내가 좋아하는 가네코 미스즈 시인의 한 구절이 떠오른다.

모두 다르고 모두 좋다.

나는 너랑은 달라. 이제 이해해줘.

내심 그런 기분이었지만 A 군은 절대 이해해주지 않았다.

"솔직히 모리사와 씨처럼 아무 노력도 하지 않는다면 여행한다는 것에 무슨 의미가 있나요?"

으으으윽……. 오히려 나는 지금 이 순간 너의 재미없는 이야기를 듣기 위해 엄청난 노력 중인데……라고 생각하면서 위스키를 벌컥 마셨다.

"모리사와 씨에게 여행이란 대체 뭡니까? 그런 하루하루를 보내면 소중한 여름방학이 아깝지 않나요? 이런 여행으로 얼마나 성장할 수 있겠어요?"

으아아~ 귀찮아아~.

스트레스가 쌓이기 시작하기에 가치관의 차이 정도는 알려줘야 할 것 같아 나도 참다 못해 입을 열었다.

"저기 있잖아, 나는 말이야, A 군처럼 서두르지 않으니 안전 운전을 하겠지. 옷을 가볍게 입고 달리니 바람이 상쾌해서 투어가 늘 쾌적하고, 비오는 날엔 텐트 안에서 책을 읽으니 미끄러져 넘어져서 발목을 다칠 일도 없어. 여행지에서 만난 사람들이랑 이야기 나누면서 만남을 즐기니 고독하지도 않아. 더울 땐 찻집에 들어가 시간을 죽여야 한다고? 난 그 시간에 시원한 바다나 강으로 뛰어들어 극락 같은 상쾌함을 만끽하거든."

후후후, 이제 알았냐? 이 꽉 막힌 사람아.

나는 승리를 확신하고 팔짱을 끼면서 몸을 잔뜩 뒤로 젖혔는데, A 군은 마치 가엾은 인간을 굽어보는 듯한 슬픈 시선으로 깊은 한숨을 내쉬는 것이었다.

"하아~. 그런가요……. 있잖아요, 모리사와 씨. 생각하면서 살지 않으면 온전한 어른이 되지 못해요. 이대로라면 절대 건실한 인생을 살아갈 수 없을 거예요."

어이어이, 처음 만난 사람한테 그런 말까지……?

"이래 봬도 생각해야 할 건 하면서 사는데 말이야. 그보다 내 인생은 내가 알아서 할 테니 그냥 내버려둬."

나는 말하면서 쓴웃음을 지었지만 A 군의 표정은 조금도 풀어지지 않았다.

"내버려둘 수가 없어요. 이렇게 잘못된 인간을 눈앞에 두고."

"어……, 내가 잘못된 인간이라고?"

"예. 잘못됐어요."

딱 잘라 말한다.

그 만남으로부터 20여 년이 지나……

나는 A 군의 예언대로 건실한 직장에서 낙오되어 지금에 이르렀다.

A 군, 몰라봐서 미안해.

너, 제법 보는 눈이 있었구나.

제3장

그런 바보 같은 탐험대

초심자의 행운이
낳은 악몽

중국의 오랜 속담에 이런 게 있다고 한다.

1시간 행복해지고 싶으면 술을 마셔라.
3일간 행복해지고 싶으면 결혼해라.
8일간 행복해지고 싶으면 돼지를 잡아서 먹어라.
평생 행복해지고 싶으면 낚시를 배워라.

이 속담은 아마도 고등학생 시절에 작가 가이코 다케시(開高健)의 책에서 읽고 알게 된 것 같은데, 생각할수록 나 같은 낚시꾼에겐 훌륭한 명언이 아닐 수 없다. 이 글을 떠올릴 때마다 근거 없이 '평생의 행복'을 손에 넣은 자로서의 우월감을 느끼며 므흐흐흐 하고 웃게 된다.

낚시에 관한 금언이나 격언, 속담, 관용구는 그 외에도 여러 가지가 있지만, 비교적 자주 듣는 표현으로 '초심자의 행운'이라는 게 있다.

나도 오랫동안 낚시를 해봐서 잘 아는데, 실제로 초심자의 낚싯바늘엔 신기하게도 물고기가 잘 걸린다. 지인을 낚시터에 처음 데리고 가면 대체로 나보다 더 잘 낚으니, 가르치는 입장에선 체면이 안 설 정도다.

"이렇게 낚는 거야"라고 내가 시범을 보일 때면 물고기가 꼭 내 낚싯바늘을 피해 가고, "그러면 안 돼"라고 지적하면 꼭 초심자의 낚싯대가 구불텅하게 휘어진다. 이 정도라면 '보이지 않는 손'이 움직인 거라고 생각할 수밖에 없다.

내가 '초심자의 행운'에 가장 크게 당한 건 홋카이도(北海道)에서 혼자 여행하며 돌아다니던 때의 일이다.

그날 나는 에리모(襟裳) 곶에서 구시로(釧路) 방면으로 한 시간 정도 차를 달리면 나오는 맑은 강, 레키후네가와(歷舟川)에서 낚시를 했다.

레키후네가와라고 하면 카누 급류타기와 산천어 낚시로 유명한 강인데, 우연히 알게 된 동네 아저씨에게 "이 강에선 말이야, 가끔 스틸헤드가 잡혀"라는 말을 듣고서 눈에 핏발을 세우고 낚싯대를 휘두르곤 했다.

182

무지개송어가 바다로 내려가 크게 성장한 후 다시 강을 타고 올라오면 그 개체에겐 스틸헤드라는 이름이 붙는다. 개중에는 길이가 80센티에 이르는 것도 있는데, 그런 큰 놈과의 격투는 연어 저리 가라다. 낚시꾼에겐 그야말로 꿈의 물고기다.

하지만 내 낚싯대엔 스틸헤드의 '스' 자조차 얼씬도 하지 않았다.

오기가 발동한 나는 다음 날 아침 일출과 동시에 기상하여 낚싯대를 휘둘러댔다. 점심때까지 붙어 있었으나 조과는 제로.

스틸헤드, 너 정말 있는 거니?

동네 아저씨 말을 의심하기 시작한 나는 결국 큰 놈을 위한 채비를 차에 넣어버리고 '계곡의 요정'으로 불리는 산천어로 노선을 변경하기 위해 상류 캠핑장에 있는 포인트로 이동했다. 산천어는 30센티만 돼도 초대형이라는 말을 듣는다.

그 후로도 굵은 자갈이 깔린 강변에 서서 루어를 던졌다가 당기고, 던졌다가 당기고를 한참 반복했지만, 어찌 된 일인지 산천어도 낚이지 않는 것이다.

루어 색을 바꾸고, 종류도 바꿔보고, 최대한 가는 라인을 사용하면서 온갖 포인트를 찾아 나섰지만, 산천어는 한 마리도 달려들지 않았다.

하아, 이제 이 강에겐 버림받은 건가…….

그렇게 생각하고 낚시를 포기하려던 순간, 유독 짧은 낚싯대를

든 아버지와 아들이 내 옆에 섰다. 살갗이 하얘서 왠지 병약해 보이는 아버지와 초등학교 1학년 정도의 소년이었다.

두 사람의 손에는 털 달린 장난감처럼 생긴 낚시도구가 들려 있었다. '낚싯대 세트 980엔'이라고 적혀 있을 것만 같은…….

자세히 보니 채비가 놀랍게도 망둥이 낚시용이다.

저걸로는 계류어를 낚을 수 없다.

안쓰러워라……. 낚시하는 법 좀 가르쳐드릴까?

아니, 쓸데없는 참견인지도 모른다. 아버지 체면도 있고…….

마음속으로 중얼거린 후로 몇 초가 지났을 때, 시력 2.0인 내 눈을 의심할 만한 광경이 펼쳐졌다.

"아빠, 낚았어!"

놀랐다.

소년의 낚싯대 끝에, 내가 아무리 노력해도 낚을 수 없었던 물고기님이 매달려 있는 게 아닌가?

무지개송어였다. 크기도 25센티로 나쁘지 않다.

마, 말도 안 돼…….

나는 다시 한 번 찬찬히 부자의 채비를 훔쳐보았다.

아무리 봐도 망둥이 낚시용이다. 미끼는 계류에 적합한 연어 알이었지만 그래도…….

계류낚시의 기본은 미끼가 물속에서 지극히 자연스럽게 흐르도록 하는 것이다. 경계심이 강한 계류어는 부자연스럽게 움직이는 미끼엔 달려들지 않는다. 이 부자의 채비는 큼직한 낚싯봉 때문에 흐르기는커녕 물밑에 가라앉아 있을 것이다.

그런데 어째서?

뭐, 아무튼 연어 알로 무지개송어를 낚을 수 있다는 걸 알았다. 나도 루어낚시는 관두고 미끼로 낚아볼까? 소년이 낚은 건 일종의 요행이었을 것이다. 그게 아니라면 이상하다. 너무 이상하다.

그리하여 나는 제대로 된 계류 낚싯대에, 제대로 된 계류낚시용 채비를 달고, 제대로 된 연어 알을, 바늘에 제대로 끼우고, 물고기가 있을 만한 포인트를 제대로 골라, 강의 흐름에 제대로 띄워 미끼를 자연스럽게 흘려보냈다.

"왔다!"

그러나 이 외침은 제대로 된 방법으로 낚시를 한 내가 아니라 망둥이 낚시용 채비를 단 아버지 입에서 나왔다.

그쪽을 보니 아버지 낚싯대에도 훌륭한 무지개송어가 매달려 있는 게 아닌가?

그, 그런, 바보 같은……

초조해진 나는 포인트를 옮겨가며 필사적인 노력을 기울였지만, 물고기는 채비를 물속에 가라앉혀둔 부자에게로만 몰렸다.

자, 장난하지 마……

신이시여, 장난이었다고 말해주소서.

정석대로 낚시를 한 나와 달리 저 부자는 낚싯대와 릴 조작이

서툴러 채비를 던질 때마다 이상한 방향으로 날아갔다.

그런데도 부자의 낚싯대에 무지개송어가 걸린다.

이게 어찌 된 일인가?

신이시여, 제대로 좀 해줘요!

얼마 후 부자 둘이 합쳐서 열 마리가 넘는 무지개송어를 낚았을 즈음, 소년이 아버지를 올려다보며 조금 애처로운 목소리를 냈다.

"아빠, 저 사람, 한 마리도 못 낚았어. 불쌍하니까 한 마리 베풀고 올게."

네?

베, 풀, 고, 올, 게?

물소리 때문에 안 들리는 척했지만 내 귀에 분명히 들렸다. 이 다정하기 짝이 없는 굴욕적인 대사가.

소년은 곧 중간 크기 무지개송어를 들고 내 쪽으로 걸어왔다. "이거, 줄게요" 하더니 내 발밑에 물고기를 휙 던진다.

아아악.

나는 개가 아니야. 적어도 땅바닥에 던져주진 마……

라고 생각했지만, 그래도 나는 어른이니 볼 근육을 힘껏 끌어올리고 "고, 고마워" 하면서 가까스로 미소 지을 수 있었다.

소년은 동정심 가득한 얼굴로 "한 마리라도 낚으면 좋겠다"라는 말을 남기고 발길을 획 돌렸다.

"아빠, 진짜 좋아하더라."

"그랬어? 착한 일 했네."

부자의 대화가 물소리에 섞여 내가 있는 곳까지 흘러왔다.

내, 내가 그렇게 좋아했었니?

"어려움에 처한 사람은 도와야지."

"응, 맞아요."

아버지가 마음 착한 아들의 머리를 쓰다듬는다.

으으으. 옆에서 보면 무척 뿌듯한 광경이겠지만 내 기분은 좀 복잡했다. '어려움에 처한 사람'이라고 불쌍한 사람 취급을 당했는데, 생각해보면 미묘하게나마 맞는 말이라 홀로 한숨지을 수밖에 없었다.

이윽고 두 부자는 장난감 같은 낚시도구와 풍어로 묵직해 보이는 비닐봉투를 손에 들고 여유로운 발걸음으로 그 자리를 떠났다.

강변에 홀로 남은 나는 땅바닥에 굴러다니는 물고기 시체를 보며 생각했다.

나도 그렇게 한번 해볼까…….

나는 냉큼 망둥이 낚시용 채비를 만들기 시작했다. 그들처럼 짧은 낚싯대에 릴을 장착하고, 그들이 쉴 새 없이 낚아 올렸던 포인트로 채비를 던져보았다.

그래도 내 낚싯대에는 입질이 오지 않는다.

말도 안 돼. 왜? 어째서? 그들과 대체 무엇이 다르지? 평소 소행의 업보인가? 아니면 오늘의 운세?

홀로 괴로워하며 망둥이 낚시용 채비에 연어 알을 달고 있는데, 한 청년이 상류 쪽에서 내려오며 말을 건다.

"아하하, 괜한 참견인지도 모르는데 그런 채비로는 계류어 못 낚아요. 미끼가 물속에서 자연스럽게 흐르게끔 해야 하거든요."

아으으윽…….

얼굴이 뜨거워진 나는 필사적으로 변명하기 시작했다.

"아, 아, 아니에요. 나도 알아요, 계류낚시가 어떤 건지. 그런데 조금 전까지 내 옆에서 이런 채비로 마구 낚아 올린 사람이 있었 거든요. 나는 한 마리도 못 낚고요. 그래서 지금 잠깐 시험해보는 거예요. 정말이에요."

믿어주길 바라는 마음으로 거의 간청하듯 말했지만 청년은 곤혹스러운 얼굴로 "아하하하……" 하고 헛웃음을 웃더니 내 말은 무시하고 "망둥이 채비로는 안 낚인다니까요"라고 중얼거리면서 유유히 사라졌다.

정말이라니까…….

깊이 탄식하며 고개를 푹 떨군 순간, 소년이 베풀어준 무지개송어 시체와 눈이 마주쳤다.

"그렇지? 정말이지?"

무지개송어한테 동의를 구했지만 "응, 정말이야"라는 기적의 대답은 물론 돌아오지 않았다.

아아, 무시무시한 초심자의 행운.

불상 아저씨의 라멘은
세계 제일

신록이 눈부신 5월의 어느 날, 오토바이 친구인 미야지마와 보소(房総) 반도를 한 바퀴 빙 돌았다.

가벼운 당일치기 투어였다.

아침 일찍 우치보(内房) 해안을 따라 남하하여 미나미보소(南房総) 바다에 들어가 추위에 떨면서도 한바탕 수영을 하고, 그대로 소토보(外房)를 따라 북상하다가 보소 반도 중앙을 비스듬히 가로질러 만안지역으로 돌아오는 이른바 '반시계방향 루트'였다.

그 당시 내가 타고 다니던 오토바이는 빨간색 'GB250 클럽맨'이었고, 미야지마의 오토바이는 오렌지색 오프로드 'CRM250'이었다. 둘 다 1980년대에서 1990년대까지 인기를 끈 혼다의 클래식 모델인데 요즘은 거의 보이지 않아 살짝 아쉽다.

그날 소토보에서 우리 동네인 후나바시(船橋) 시를 향해 한참 달리고 있는데, 조금 전까지만 해도 맑았던 하늘이 갑자기 수상해지는 것이다. 진행 방향의 하늘에서 시궁창 색깔의 불온한 비구름이 다가오고 있었다. 그 구름 아래를 보니 불투명한 간유리처럼 흐릿하다. 비가 몰아치고 있는 모양이었다.

"미야지마, 곧 소나기가 내리겠는걸."

"그러게. 배도 고프고, 어디 들어가서 밥이라도 먹으면서 그칠 때까지 기다릴까?"

"좋네, 그럴까?"

우리는 헬멧 안에 장치해둔 무전기로 대화하면서 그대로 계속 달렸다. 보소 반도 한복판의 전원 지역이다. 밥을 먹을 만한 가게가 있으면 다행인데 좀처럼 눈에 띄지 않았다.

그동안에도 시궁창 색깔의 비구름은 가차 없이 우리를 향해 다가왔다. 공기도 순식간에 선뜩해졌다. 시간이 얼마 남지 않았다.

'큰일이네'라고 생각한 순간, 풀페이스 헬멧 실드에 빗방울이 똑똑 떨어지기 시작했다.

"비는 내리기 시작했는데 가게가 없네. 음흐흐흠~ 흐흐흠~ ♪"

위기를 위기로 느끼지 않는 낙천가 미야지마가 태평스럽게 콧노래를 불렀다. 날씨에 맞춰 선곡했는지 곡명은 이나가키 준이치의 '드라마틱 레인'이었다. 후렴구의 '드라~마티~익'의 '티~' 부분만 유독 길게 늘이니 듣는 사람은 속이 울렁거린다.

"음흐~흐흐~~~~~~~~~~~~~~~~~~~~~"

더는 듣고 있을 수 없었던 내가 "레인!" 하고 마무리해버렸다.

"야, 끊지 마."

"너무 길잖아!"

우리가 하찮은 대화를 나누는 중에도 빗발은 점점 강해졌다.

"모리사와, 비 좀 심하지 않아?"

"조금만 더 가면 마을 나오는데."

"거기까지 갈 수 있을까?"

"어려워 보이는군. 미야지마의 평소 행실이 나쁘니 이런 일이 생기지."

"내가 뭘 했는데!"

"드라~마티~~~~익이 너무 긴 게 치명적이었어."

"인생과 드라마는 긴 편이 즐겁고 좋잖아."

"네가 길게 뺀 건 드라마가 아니라 틱이거든."

"아하하하하. 그런가?"

대화가 한층 더 하찮아졌을 때 미야지마가 "오옷!" 하고 소리 질렀다.

"왜?"

"진행 방향 오른쪽에 라멘집 발견."

그쪽으로 눈길을 돌리니 전원 지역 한가운데에 '라멘' 간판이 보였다.

"오오, 잘됐다. 저기 들어가자."

"그래."

우리는 기쁜 마음으로 라멘집 앞에 오토바이를 세웠다.

헬멧을 벗고 가게 건물을 올려다보니 라멘집 치고는 외관이 제법 우아했다. 표현하자면 20세기 중반의 고급 레스토랑 분위기랄까? 전체적으로 낡고 먼지가 좀 많은 데다 활기라곤 조금도 느껴지지 않았지만.

"영업하나?"

오토바이에서 내리며 말하니 늘 그렇듯 미야지마가 근거 없는 낙천적 발언을 한다.

"몰라. 하겠지 뭐."

가게 입구에 '영업 중'이라는 간판도 없고 포렴도 걸려 있지 않았다. 유리창으로 가게 안을 들여다보니 불도 꺼져 있었다.

"망한 거 아냐?"

"일단 들어가 보자."

미야지마를 따라 유리문 안으로 들어갔다.

문이 잠겨 있지 않아서 안심한 것도 잠깐이었다. 실내에 먼지도 많고 공기도 탁하고 불마저 꺼져 있어 어둑어둑했다. 무엇보다 의자가 모두 테이블 위에 거꾸로 얹혀 있는 게 아닌가?

아아, 안 되겠구나. 정말 망했나 봐.

이대로 매각되길 기다리는 걸까?

라고 생각하면서도 혹시 몰라 가게 안쪽을 들여다보는데…….

있다! 사람이.

뽀글뽀글 파마에 땅딸막한 체형의 중년 남자가 마치 유령이라도 본 것 같은 얼굴로 이쪽을 돌아보고 있었다.

"엇? 호, 혹시……. 소, 손님?"

그 말에 우리도 놀랐다.

가게 안쪽 테이블 하나에만 의자가 얹혀 있지 않았고, 아저씨는 그 의자에 앉아 목만 이쪽으로 돌렸다. 양손으로 신문을 펼치고, 샌들 신은 발을 테이블에 올리고, 의자 등받이에 비스듬히 기댄 자세다.

불상을 닮긴 했는데, 왠지 행실 나쁜 불상 같은 느낌을 주는 아저씨였다.

그 아저씨가 경악스러운 표정으로 다시 한 번 "소, 손님, 이야?" 라고 물으니, 우리도 머릿속이 새하얘져서는 똑같은 말로 묻게 되는 것이었다.

"예. 호, 혹시……. 가, 가게 주인이세요?"

"가게 주인이라니……, 나?"

불상 아저씨가 덜컥 놀란 얼굴로 자기 자신을 손가락으로 가리켰다.

"으응, 그렇지. 나는, 응, 가게 주인인데……."

"아……."

"으음…… 다시 한 번 묻겠는데, 손님……이에요?"

이 가게에 손님이 오는 것은 유령이 나오는 것과 비슷한 정도로 드문 일인 모양이었다. 틀림없다. 이제 내 마음이 조금 안정되었는지 제대로 대답할 수 있게 되었다.

"일단 손님으로 왔는데요. 영업하시나요?"

불상 아저씨는 그제야 테이블에서 발을 내리고 마치 용수철 인형처럼 벌떡 일어나면서 말했다.

"하, 합니다. 해요. 항상 합니다."

그렇게 강하게 말하니 오히려 '항상 안 한다'는 뜻이 너무나 잘 전달되는 것이다.

우리는 또 불안해졌다.

"그렇다면…… 자, 이쪽 자리에 앉으세요."

불상 아저씨가 '이쪽'이라고 한 곳은 조금 전까지 자신의 더러운 발이 놓였던 바로 그 자리였다.

으아, 이 가게, 너무 이상해.

미야지마와 나는 마주 보았다. 이렇게까지 해놓고 '됐습니다'라고 할 수도 없고, 비도 본격적으로 내리기 시작했고……라는 생각을 서로에게 눈으로 전달했다.

"그럼, 일단, 앉을까?"

미야지마가 쓴웃음을 지으며 말하고, 나도 같은 얼굴로 고개를 끄덕였다.

그 테이블은 커다란 창밖으로 드넓은 전원 풍경이 보이는 꽤 전망 좋은 자리였다. 눈은 즐거웠지만 조금 전까지 불상 아저씨의 더러운 발이 얹혀 있었다는 생각을 하면 역시 불쾌해졌다.

"아, 그리고, 여긴 메뉴가 없는 가게라서요……, 뭐, 카레나 라멘, 둘 중 하나가 되겠는데. 가격은…… 어쩔까, 그냥, 둘 다 600엔 할까."

불상 아저씨는 난생처음 손님을 맞는 아르바이트생보다 더 허둥대면서, 트집을 잡으려면 단어 하나하나가 다 문제가 될 대사를 입에 담았다.

거참, 이 가게 점점 더 수상하다.

잠시 상상해보길 바란다. 우리가 앉은 자리 말고는 모든 테이블 위에 의자가 거꾸로 얹혀 있다. 이 상황도 그리 현실적이진 않다.

그래도 아무튼 주문을 해야 한다.

"카레나 라멘이라……."

미야지마가 뭘로 할지 망설이는 얼굴을 했다.

나도 잠시 망설였지만 이 가게는 원래 라멘집이라는 사실이 곧 떠올랐다. 미심쩍은 가게이긴 해도 라멘집인 이상 라멘을 주문하면 어느 정도는 제대로 된 음식이 나오지 않을까?라고 기대하고

"나는 라멘이요."

라고 주문하니, 태평스러운 미야지마도 "그럼 나도"라고 한다.

"예, 알겠습니다. 그럼, 저 손님은 라멘이고, 이 손님도 라멘. 맞

지?"

그게 확인할 정도인가? 게다가 은근슬쩍 반말을 쓰네……라고 생각했지만, 일단 "네"라고 대답했다.

불상 아저씨는 여전히 허둥대면서 주방으로 사라졌다. 그제야 주방 불을 켠다.

"이 가게, 위험하다 싶을 정도로 수상해."

미야지마가 내 속마음과 완전히 일치하는 발언을 했다.

정말 그렇다. '수상하다'를 넘어 '위험하다'라고 말하고 싶을 정도로 심히 수상하다.

"저 불상 닮은 아저씨, 우리 보고 깜짝 놀랐지?"

"손님이 들어왔다고 그렇게 놀라면, 들어간 손님이 더 놀라지."

"불이라도 좀 켜줬으면 좋겠어."

"그러게. 너무 어두워……."

"이런 어두운 곳에서 어떻게 신문을 읽었지?"

"눈에서 레이저빔이라도 나오는 거 아냐?"

"신문 타겠다."

웃으면서 문득 창밖을 보았다.

두툼한 비구름으로 뒤덮인 바깥세상은 낮이라고 생각하기 힘들 정도로 어두컴컴했다. 그래도 초여름 비에 젖은 전원 풍경은 아름다웠다. 모내기를 막 끝낸 수면에 무수한 파문이 퍼져나가는 광경은 언제까지나 멍하니 바라볼 수 있을 것 같았다.

"저 불상 아저씨가 만드는 라멘, 어떨까?"

미야지마가 불안한 목소리로 말했다. 낙천가 미야지마답지 않
다는 생각이 들었지만, 솔직히 나도 걱정이었다. 불상 아저씨는 주
방의 조명을 지금 켰다. 게다가 라멘집 안에 있는데 라멘 냄새가
전혀 나지 않는 건 왜일까?

"여기 말이야, 라멘집 되기 전엔 시골 레스토랑이나 찻집이었을
것 같지 않아?"

미야지마의 추측이 아마 맞을 것이다. 가게 외관도 그렇지만 실
내 장식이 아무리 봐도 라멘집 같지 않았다. 불상 아저씨가 이 가
게를 사서 일단 간판만 '라멘'으로 바꾼 걸까?

"그런 것 같지? 그런데 테이블 위에 의자를 올린 상태로 영업 중
이라니 대단하군."

"청소하고 있었던 걸까?"

"아니야. 신문 읽고 있었잖아. 몸을 잔뜩 뒤로 젖히고, 테이블에
발 올리고."

"아하하하. 그러게."

"우리가 몇 달 만의 손님이라든가, 그런 느낌이지?"

"응, 깜짝 놀라는 게 아무래도 수상해. 엇? 소, 손님?이랬어."

미야지마가 불상 아저씨 흉내를 냈는데 그 모습이 너무 닮아서
웃음이 터져 나왔다.

"그러고 보니 이 가게 물도 안 주네."

내 말을 듣고 미야지마가 "안 줄 것 같아"라며 웃다가 "혹시 수 돗물도 안 나오는 거 아냐?" 하고 걱정스러운 듯 말했다.

"물이 없으면 어떻게 라멘을 끓여."

"배달시키지."

"아하하하. 그거 좋은 생각이다."

"500엔짜리 배달시켜서 우리한테 600엔에 파는 거지."

"고작 100엔 남기고? 그러면 망해."

"그렇겠지?"

둘이 같이 킥킥 웃었다.

"으아, 그보다 미야지마, 이것 봐."

우리 옆 자그마한 창틀에 불상 아저씨가 재떨이 대신 사용한 듯한 커피캔이 아무렇게나 놓여 있었는데, 그 빈 깡통 주변을 집게손가락으로 스윽 닦았더니.

"봐."

먼지가 잔뜩 묻어나왔다.

"이 정도면 반년은 청소 안 했겠다."

"그렇겠다."

맙소사, 정말 형편없는 가게에 들어와 버렸구나⋯⋯라며 우리는 쓴웃음을 지었지만, 솔직히 말하면 마음의 70퍼센트 정도는 두근두근 설레고 있었다. 귀신의 집에 들어가기 전 너무 무섭긴 하지만 왠지 기대되는 그런 기분이랄까?

먼 훗날 이야깃거리가 될 수도 있으니, 위기 상황이 닥치면 오히려 즐겨주겠다는 배짱이 오랫동안 노숙 여행을 반복해온 우리 안에 서서히 싹튼 것이리라.

"미야지마, 저 불상 아저씨 말이야, 아무리 봐도 손님 상대로 장사를 한 적이 없는 것 같아. 라멘 끓이는 기술은 있을까?"

"어떨까……. 접객 태도는 형편없어도, 어쩌면 천재 라멘 요리사일 수도? 뽀글뽀글 파마를 보면 좀 전문가스럽기도 하고."

참으로 미야지마다운 대답이다.

"아하하. 그렇다면 다행인데. 뭐, 보통 아저씨라 해도 라멘가게를 개업할 정도라면 맛없게 끓이진 않겠지."

"맞아. 라멘이랑 카레는 누가 어떻게 만들든 절대 맛없을 수 없는 메뉴라고 모리사와가 늘 강조했잖아."

그건 정말로 그렇다.

지방을 여행할 때 왠지 미덥지 못한 가게에 들어갔다 해도 일단 카레나 라멘을 주문하면 완전히 '꽝'은 아니다. 맛있다고 할 수는 없어도 못 먹을 만큼 맛없는 경우도 없다.

"게다가 여기는 라멘집이잖아"라고 내가 말했다.

"그렇지. 그런데 말이야, 여긴 라멘집인데 안 어울리게 카레는 왜 팔지?"

"그러고 보니 이상하네."

"이상한 점이 너무 많아서 거기까진 생각을 못 했어."

"그러게."

킥킥 웃는 우리 눈앞으로 커다란 등에가 붕붕 날아왔다. 어디서 들어왔는지 이 가게 안에 등에가 몇 마리 날아다닌다.

따뜻했던 나는 아무 생각 없이 테이블 구석에 놓인 젓가락 통에서 나무젓가락을 하나 꺼냈다. 그 젓가락으로 시끄럽게 돌아다니는 등에를 잡으려고 몇 차례 시도해보았다.

"아하하, 아무래도 그건 무리지."

라고 미야지마가 나를 비웃었을 때.

"우오오옷! 자, 잡았닷!"

빠른 속도로 날아다니던 등에를 젓가락으로 멋지게 잡아냈다.

"꾀, 굉장하다……. 너, 시대를 잘못 타고났네. 미야모토 무사시(일본 에도 시대의 검객 – 옮긴이)처럼 이름을 날렸을 텐데."

미야지마가 진심으로 감동한 듯 눈을 둥그렇게 떴다.

"으흐흐흐, 그렇지? 오늘부터 나를 선생이라 부르시게. 그리고 이 선생이 하는 말은 뭐든지 들으시게. 우선 이 등에를 맛있게 잡수시게. 자, 아~앙."

미야지마의 입 앞으로 등에를 쑥 내밀었다. 등에가 붕붕 날개소리를 내며 저항한다.

"으, 으아악, 하지 마."

미야지마가 젓가락을 치는 바람에 등에가 다시 날아가 버렸다.

"아아, 뭐야, 힘겹게 잡았는데."

"뭐야라니. 무섭잖아, 얼굴 가까이 대면."

그렇게 말하면서 미야지마도 주위를 어지러이 날아다니는 등에를 노리고 젓가락 끝을 딱딱 부딪쳤다. 그리 쉽게 잡히진 않을 것이다. 요행은 두 번 연달아 일어나지 않는다.

"미야지마, 나 방금 생각났는데."

"응~?"

자기도 무사시가 되고 싶은지 내 말은 건성으로 듣고 젓가락만 열심히 휘둘러대는 미야지마의 모습이 참 우스꽝스럽다.

"라멘집엔 죽치고 앉아 있기 좀 그렇지 않나?"

"그러네~."

무뚝뚝한 대답. 이제 등에한테 홀딱 빠졌다.

"다 먹었는데도 비가 안 그치면 어쩌지? 계속 앉아 있긴 미안하잖아. 커피라든가 추가로 주문할 수 있으면 몰라도"

"그러네~"라고 다시 말한 미야지마는 그제야 등에 잡기를 포기하고 나를 보았다.

"다 먹고 나면 앉아 있기 그렇겠다. 물도 없고."

"그러게. 비 오는데 나가야 한다면 비 피하러 들어온 의미가 없잖아."

하지만 이런 우리의 불안은 기우에 불과했다는 걸 뒤늦게 알았다. 주문한 지 한 시간 반이 지났는데도 라멘이 나오지 않는 것이다.

라멘 만드는 데 한 시간 반이라니……

혹시 그 불상 아저씨, 갑작스러운 손님 등장에 겁먹고 도망친 건 아닐까? 우리는 진심으로 걱정이 되어 가위바위보 해서 진 사람이 몰래 주방을 들여다보기로 했다.

"가위바위,"

"보!"

"으윽……."

내가 졌다.

만약 불상 아저씨한테 들키면 심히 멋쩍을 텐데……라고 생각하면서 주방 입구까지 살금살금 걸어가 몰래 안을 들여다보았다.

살집 좋은 불상 아저씨의 통통한 뒷모습이 통로 사이로 슬쩍 보였다.

괜찮다. 일단 도망가진 않았다.

잽싸게 자리로 돌아와서 미야지마에게 보고했다.

"안에 있긴 있어. 뒷모습이 보였어. 한순간이었지만."

"한순간이라니…… 뭐하고 있는지는 못 봤어?"

"응. 한 시간 반이나 뭐하는 걸까? 아아, 배고파."

"나도 엄청 고파. 한 시간 넘게 도전했는데 나는 등에도 못 잡고."

이 남자, 원래 싫증을 잘 느끼는 성격이 아니었던가? 그런데 젓가락으로 등에 잡기 같은, 세상에 조금도 도움이 안 되는 일에 관해서는 왜 이렇게 부단한 노력을 계속하는지 알다가도 모를 일이다.

"혹시 정말 배달시켜놓고 기다리는 거 아냐? 엄청 먼 곳에 전화했나 봐."

내가 농담을 하자 미야지마가 풋 하고 웃음을 터뜨렸다.

"아니면 장인 기질을 발휘하여 밀가루를 직접 반죽하는 것부터 시작했다든지?"

"어쩌면 씨앗 뿌리기부터 시작했는지도 몰라."

"혹시 밀밭 가는 것부터 시작하면 어떻게 돼?"

"그전에 밀밭에 적합한 땅을 찾아야 한다면? 지금 여행 떠날 준비를 하고 있는지도."

"아하하. 그러면 라멘이 다 될 때까지 3년은 걸릴 거야."

우리는 낮은 목소리로 웃으며 창밖을 보았다. 빗발이 강해졌다가 약해졌다가를 반복하면서 멎지 않고 계속 내렸다.

그로부터 몇 분쯤 지났을 때, 기다리고 기다리던, 아니 기다리다 지쳐버린 우리 앞에 드디어 라멘이 놓였다.

"많이 기다리셨습니다. 음, 이거, 라멘이거든."

응?

묘한 대사에 미야지마와 나는 무의식중에 눈을 맞추고, 목까지 밀려 올라온 말을 꾹 삼키느라 애썼다.

"……"

"……"

"맛있게 드세요."

불상 아저씨는 왠지 불안한 얼굴로 우리 앞에 놓인 라멘을 한번 내려다보고는 방향을 획 돌려 주방으로 냉큼 사라졌다.

"야, 미야지마."

"응, 이상하지. 방금 불상 아저씨가 한 말."

"응. 이거, 라멘이거든, 그랬어."

"말 안 해도 아는데."

"왜 굳이 라멘이라고 말한 걸까?"

"굉장히 자신 없어 보이는 얼굴이었어."

"응, 그랬어. 도망치듯 주방으로 사라지고."

불안하다. 만든 사람이 이건 라멘이라고 거듭 확인하는 라멘만큼 불안한 라멘은 없다.

"정말 괜찮을까? 이거……."

미야지마가 혼잣말처럼 중얼거렸다.

"아니, 위험해 보이는데."

"그렇지……."

그 라멘엔 거의 없었다.

들어 있어야 할 재료가…….

유일한 재료로서 면 위에 얹힌 건 반대편이 보일 만큼 얇게 썬 햄뿐이었다. 게다가 딱 한 장. 아니 정확하게 말하면, 동그란 모양의 초박형 햄을 반으로 잘라서 '반달 모양'으로 만든 것이 두 장 놓여 있었다.

나는 그 햄을 젓가락으로 집어서 아래를 확인했다. 역시 다른 재료는 아무것도 없었다.

"이거밖에 없어……."

"장난하나……."

"한 시간 반 동안 뭐했을까?"

"햄을 얇게 써는 데에 인생을 바쳤던 걸까?"

"네가 등에 잡기에 모든 걸 쏟아부은 거랑 비슷하네."

"야, 비교하지 마. 내 쪽이 훨씬 고상하거든. 검객을 목표로 수행한 거라고."

그 이론으로 가면 검도 미경험자인 내가 이미 검객이 된 셈인데, 지금은 그런 것 따위 아무래도 좋았다. 아무튼 눈앞의 라멘과 여태까지 우리가 상상했던 라멘 사이의 갭을 메워야 한다.

그래서 나는 이렇게 말했다.

"이왕 이렇게 됐으니, 그릇 속에 면이랑 국물이 들어 있는 것만으로 다행이라 여기자."

"엇, 다행이라니……, 둘 중 하나가 없으면 이미 라멘이 아니지."

미야지마답지 않게 자기주장을 하니 오히려 내가 입을 다물게 된다.

"너, 낙천가잖아. 까다롭게 굴지 마."

"아하하. 그냥 한마디쯤 하고 싶었어."

"일단 먹자."

"그래. 배고프니까."

"잘 먹겠습니다."

"잘 먹겠습니다."

초박형 햄은 이 라멘 그릇 안에서는 귀한 존재이므로 마지막에 먹기로 하고, 우선 뭉쳐 있는 면 사이로 젓가락을 찔러 넣었다. 등에를 잡을 때처럼 살짝 집어 국물에서 건져 올리는데…….

툭툭툭…….

"아으으윽."

이게 뭐야.

면이 다 툭툭 끊어지는 게 아닌가!

"저, 젓가락으로는 못 먹어, 이거……."

울상이 된 미야지마의 갈라진 목소리가 들렸다.

"너무 불었어, 면이……."

"한 시간 넘게 푹 끓인 거 아냐?"

농담이 아니라 진짜 그런 것 같았다. 아니라면 면이 이렇게까지 끈기가 없을 리 없다.

"딱 봐도 '삿포로 이치방(일본의 대표적인 인스턴트 라멘 이름-옮긴이)'인데?"

"맞아. 이거, 절대 그거야."

묘하게 오그라든 건면이라는 점이 역시 수상하다. 한마디로 말해 이건 틀림없는 삿포로 이치방 면이다.

"정말 심하다……. 에휴, 그래도 일단 먹자. 이래도 돈은 내야 하잖아."

"윽, 그렇지. 게다가 꽤 비싸."

'600엔 할까'라는 불상 아저씨의 대사가 떠올라 저절로 한숨이 나왔다.

우리는 몇 번이나 부드럽고 우아하게 젓가락으로 살며시 면을 집어 올리려다가…… 그 모든 도전에 실패하고 말았다.

아무리 신중하게 집어도 면이 자체의 무게를 견디지 못하고 툭툭툭 어이없이 끊어졌다.

"학교 급식 메뉴에 소프트면이라는 게 있었는데 이것이야말로 궁극의 소프트면이군. 젓가락으로 집을 수 없을 만큼 소프트해."

미야지마는 인생을 포기한 듯 한숨짓더니 그릇 위에 젓가락을 내려놓고 가련한 아기 사슴 같은 눈으로 나를 보았다.

"숟가락이라도 있었으면……."

나도 따라서 한숨을 쉬었다.

"보통 숟가락 정도는 있잖아. 아, 여기는 보통 가게가 아니지."

"맞아……."

그때 내 머리에 문득 좋은 아이디어가 떠올랐다.

"아, 그렇지. 우리가 면만 건져 먹으려고 하니 안 되는 거야. 이렇게 그릇 들고 국물이랑 같이 마시면 되잖아."

"아, 그래. 나이스한 아이디어다."

그리 나이스하지는 않지만, 그래도 칭찬은 나쁘지 않다.

그리하여 우리는 그릇에 직접 입을 대고 뜨거운 국물을 마셨는데……

"우웩……"

"뭐, 뭐야, 이 국물."

미야지마가 '말도 안 돼'라는 표정으로 라멘을 보았다.

'놀라지 마시라'라고 미리 말해두고 싶지만, 솔직히 우리는 진심으로 놀랐다. 국물이 일단은 라멘답게 투명한 갈색인데 제대로 우리긴 했는지, 전혀 국물 맛이 안 나는 것이다.

"이거 물에 간장만 넣고 끓인 것 같은데……"

내 분석에 미야지마도 동의했다.

"틀림없어. 간장 말고 다른 맛이 전혀 안 나."

"아아, 어차피 삿포로 이치방이라면 수프도 그냥 넣으면 될 텐데……"

"맞아. 그랬다면 일단 맛은 있었을 텐데."

"삿포로 이치방이 있었다면 불상 아저씨한테 안 맡기고 우리가 끓여도 됐을 텐데."

"맞아……. 삿포로 이치방이라는 걸 안 들키려고 면만 사용하고 수프는 따로 만들었나 봐. 그러니까 이런 일이 생긴 거야."

미야지마가 원망스러운 눈빛으로 초울트라 소프트면을 젓가락으로 집어서 그 툭툭 끊어지는 모양을 보란 듯이 내밀었다.

직접 만든 국물이란 것이……

그냥 간장 탄 물이었다.

아아, 한 시간 반이나 기다린 라멘이 이토록 터무니없는 맛이라니. 아니, 이 세상에 '맛없는 라멘'이 존재할 수 있다니.

미야지마와 나로 말할 것 같으면 '삿포로 이치방, 엄청 맛있지!'라며 기쁜 마음으로 먹을 수 있는 인간인데, 이 라멘은 대체 뭐얏!

"모리사와의 지론이 뿌리째 흔들렸어."

"뭐가."

"미덥지 못한 가게라도 일단 라멘이나 카레를 주문하면 실패하지는 않는다는 법칙."

"으아, 진짜다. 예외가 생겨버렸어."

우리는 불어 터져 맛도 없는 삿포로 이치방 면을 간장 물과 함께 배 속으로 흘려보냈다.

마지막으로 이 그릇 안의 태양 같은 존재인 초박형 햄을 입에 넣었다. 이 햄이 600엔 중 500엔의 가치가 있다고 생각하니 도저히 소홀히 대할 수 없었다.

그래서 나는 정성껏, 마음을 다해, 정신 똑바로 차리고 음미하며 씹었다.

그리고 생각했다.

아아, 햄 만세!

본전을 뽑고자 핥아 먹는 나에게 미야지마가 말했다.

"모리사와, 우리."

"응?"

"햄의 우월한 맛을 다시 확인하기 위해 이 가게에 들어온 걸로 하자."

나도 방금 그 생각했어!라고 하면 왠지 궁상맞아 보이니, 일부러 '좋은 생각이네'라는 표정을 지어 보였다.

"응, 알겠어. 앞으로 인생을 살다가 햄의 매력을 잊겠다 싶으면 또 이 가게에 와서 라멘 먹자."

"엣? 또 오는 건 아무래도 사양하고 싶네."

"우와, 거절하다니, 뭐야. 기껏 네 말에 맞장구쳐줬는데 지금 배신하는 거냐?"

"600엔이라면 보통으로 맛있는 라멘 먹을 수 있잖아."

"끄아~, 그 말만은 하지 말아줘~. 열 받는다고~."

우리는 킥킥 웃으며 마지막 햄을 먹고 자리에서 일어났다.

창밖을 보니 억수같이 내리던 비가 그치고 구름 사이로 레몬빛 저녁 하늘이 보이기 시작했다.

우리는 600엔으로 비를 막아줄 지붕과 추억을 샀다.

뭐, 그렇게 생각하면 됐다.

우리는 주방에 얼굴을 내밀고 불안한 표정의 불상 아저씨에게 "맛있었어요, 잘 먹었습니다"라고 입을 모아 거짓말을 했다. 그리고 정확히 600엔씩 지불하고 밖으로 나왔다.

비 그친 전원 마을은 풍요롭고 구수한 흙냄새로 가득했다.

"가볼까?"

그 흙냄새를 폐 가득 빨아들이면서 내가 말했다.

"응."

우리는 헬멧을 쓰고 시동을 걸었다.

무전기 스위치도 켰다.

미야지마가 나를 본다.

"나름 재미있는 가게였어."

"맞아."

쓴웃음을 지으며 스로틀을 당기자 철마가 천천히 움직이기 시작했다.

전원 풍경이 서서히 뒤로 흐른다.

안녕, 아마도 이 세상에서 가장 맛없는 라멘가게 아저씨.

마음속으로 생각하면서 스로틀을 힘차게 당긴 순간, 헬멧 안에서 싱긋 웃음이 나왔다.

※ 추신 : 그로부터 몇 개월 후에 이 가게 앞을 지났는데 역시 망한 것 같았습니다. 살짝 아쉬웠지만, 뭐, 당연한 일이겠죠(웃음).

얼른 인간이
되고 싶다

마지막 강.

이런 수식어가 붙는 강 이름은?

정답은 시만토(四万十) 강이다.

고치(高知) 현 서부를 관통하는 시만토 강은 옛날이야기에 나오는 산들을 방불케 하는 잔잔한 풍경 속을 흐르는 강이다.

과거에 몇 차례 이 강을 찾은 적이 있는데, 상류 하류 가리지 않고 물에 푹 잠겨 놀곤 했다. 어부 할아버지의 도움을 받아 거룻배 타고 투망을 던지기도 하고, 강어귀에서 농어나 감성돔 같은 물고기를 낚기도 하고, 징거미새우나 동남참게를 잡기도 했다. 이 강을 찾을 때마다 나는 신선한 맛을 입 안 가득 느끼며 풍요로운 일본의 자연을 만끽했다.

그 시만토 강을 반으로 줄여놓은 듯한 강이 와카야마(和歌山) 현에 있다. 곤들매기나 산천어가 서식하는 상류는 물론, 중류에서 하구로 내려가도 물에 들어가 놀 수 있을 만큼 맑은 강이다.

내가 처음 그 강을 만난 건 대학교 2학년 11월이었다.

늘 그랬듯 혼자 오토바이 타고 노숙 방랑 여행을 하던 때에 다리 위에서 내려다본 강의 흐름이 너무나 아름다워 첫눈에 홀딱 반해버린 것이다.

나는 두말없이 강변으로 내려갔다.

굵은 자갈이 깔린 드넓은 강변은 캠프지로서 무엇 하나 나무랄 데가 없는 '1등지'였다.

도도히 흐르는 강물은 탄산수처럼 맑고, 멀리 바라보이는 산들은 정상이 모두 동그스름했다. 지친 마음을 치유해줄 듯 평안한 풍경이 마음에 쏙 들었다. 강변 뒤쪽으로 무성하게 자란 갈대는 천연 울타리가 되어 나의 사생활을 지켜주었다.

나는 이 강변에서 한동안 느긋하게 지내기로 했다.

11월은 노숙하기에 나쁘지 않은 계절이다.

어디에 가든 사람이 없다. 사람이 없다는 건 텐트만 치면 눈에 들어오는 모든 풍경이 '내 정원'이라는 뜻이다. 흐르는 물소리를 배경음악 삼아 강바람 맞으며 맥주를 꿀꺽꿀꺽 마시면 이보다 더한 행복이 있을까라는 생각마저 든다.

나는 당장 1인용 텐트를 치고 난 후 오토바이 타고 장을 보러 갔다. 알코올과 안주를 듬뿍 사놓고 강변을 돌아다니며 마른 유목을 주워 모았다. 밤엔 꽤 추워질 테니 모닥불을 피우려는 것이다.

이윽고 늦가을의 단아한 태양이 지기 시작하자, 넓고 높은 하늘이 연보랏빛 물감을 솔로 엷게 칠한 것 같은 색으로 물들었다. 그 신비로운 색채가 눈앞의 강 수면에 비치니 감동의 한숨이 저절로 나왔다. 세상은 완벽한 아름다움으로 가득했다.

나는 참을 수 없는 마음으로 캔맥주를 따고 오늘 저녁 첫 알코올을 섭취했다.

그때, 조금 떨어진 갈대밭 속에서 여윈 체형의 할아버지 한 분이 불쑥 나타났다. 세모난 삿갓을 쓰고 갈색의 구식 가슴장화를 신고 있었다. 가녀린 어깨에 짊어진 것은 투망 같았다.

할아버지는 폴짝폴짝 가벼운 발걸음으로 자갈 위를 걸어서 적당한 흐름이 있는 얕은 여울 속으로 들어갔다.

투망의 그물코 크기와 이 계절을 생각하면 산란을 위해 강어귀 쪽으로 내려가는 은어를 잡으려는 것이다.

이 시기엔 붉은색과 검은색의 혼인색이 몸에 나타나므로 여름철 은어와는 살짝 다르게 보이지만 맛은 굉장히 좋다.

나는 캔맥주를 한 손에 들고 물가로 걸어가서 할아버지가 투망을 던지는 모습을 가만히 바라보았다. 저녁 하늘 아래의 연보랏빛 강 속에 늠름하게 선 그 할아버지의 모습은 한 폭의 그림 같았다.

만약 내가 사진작가나 화가였다면 작품으로 만들고 싶었을 거다.

물고기도 잘 잡혔다. 한 번 던질 때마다 꼭 한 마리는 걸렸다.

나는 한참 바라보다가 강을 향해 크게 소리 질러보았다.

"은어 잡으시는 거예요?"

여울 속에 서 있으면 주위 물소리가 너무 커서 잘 들리지 않을 텐데, 내 목소리는 다행히 제대로 전달된 모양이었다.

할아버지는 이쪽을 보고 무표정한 얼굴로 고개를 끄덕였다.

"많이 잡으셨네요!"

다시 소리를 지르자 이번엔 대답이 돌아왔다.

"그럭저럭 잡히는구먼."

할아버지는 다시 투망을 던지는 데에 전념했다.

시원한 강바람을 맞으며 서 있는 동안, 하늘 색깔이 순식간에 변해갔다. 연보라색이었던 것이 잘 익은 감색으로 변했다가, 또 자주색으로 바뀌었다가, 어느새 우주가 비쳐 보일 것만 같은 남빛으로 변했다. 강 색깔도 빠르게 변해갔다.

슬슬 모닥불을 피워야겠군.

나는 그렇게 생각하고 야영지로 돌아왔다.

재빨리 장작을 쌓고 불을 피운다. 중심부의 가는 장작에서 바깥쪽의 굵은 장작으로 서서히 불길이 번졌다.

모닥불이 완성되자, 나는 알루미늄 호일에 버터를 한 조각 놓고 고기랑 채소를 손으로 찢어서 적당히 올린 후 잘 감싸서 불 옆에 던져놓았다. 내가 자주 해 먹는 초간단 '호일 구이'다. 모닥불의 원적외선은 강하기 때문에 익을 때까지 몇 분만 기다리면 된다. 손데지 않도록 조심조심 호일을 펼치면 구수한 향기가 후욱 퍼져 나온다. 여기에 간장만 뿌리면 완성이다.

그다음엔 후후 불어가며 술이랑 같이 꿀꺽 삼키기만 하면 된다.

은어를 낚던 할아버지가 어스레한 강에서 올라왔다.

내 모닥불을 보더니 이쪽으로 걸어온다.

대나무로 짠 어롱이 옆구리에서 묵직하게 흔들렸다. 저 어롱 속에 신선한 은어가 꽉꽉 들어차 있겠지.

"자네, 여기서 자나?"

할아버지가 조금 갈라진 목소리로 물었다.

"예. 이 강이 마음에 들어서요."

"별난 젊은이군."

갸름한 얼굴은 여전히 무표정했다.

"아하하. 그런 말 많이 듣습니다."

할아버지는 웃지도 않고 허리에서 어롱을 내리더니 뚜껑을 열고 은어를 몇 마리 덥석 쥐어 내 눈앞에 털썩 내려놓았다.

"은어."

"예?"

내가 고개를 갸우뚱하고 있으니 다시 털썩 털썩 하고 은어를 두 움큼 더 자갈 위에 놓았다.

"젊으니까 이 정도는 먹겠지."

"이, 이렇게 많이 주셔도 돼요?"

할아버지는 나의 물음에 대답해주지도 않고 냉큼 갈대밭 쪽으로 걸어가 버렸다. 참 수줍음이 많으신 분이다.

나는 급히 일어나서 "감사합니다! 은어, 정말 좋아해요"라고 그 여윈 등을 향해 감사 인사를 던졌다. 그러나 할아버지는 돌아보지도 않고 빠른 걸음으로 다리까지 걸어가서 옆에 세워둔 경자동차를 몰고 횡하니 가버렸다.

할아버지가 떠났을 때 강변은 완전히 밤이었다.

나는 발밑을 내려다보았다.

어허 참, 갓 잡은 신선한 은어를 이렇게나……

모닥불의 흔들리는 불꽃 옆에서 하나씩 세어보니 열다섯 마리나 된다.

늘 돈이 부족하여 동물성 단백질에 굶주렸던 나는 위장 밑바닥부터 기쁨이 차오르는 걸 느꼈다.

혼인색을 두른 은어를 한 마리씩 손에 들고 정성껏 소금을 뿌려 석쇠 위에 세 마리 한꺼번에 올렸다. 그걸 타다 남은 장작에 올리고 노릇노릇 구웠다.

기분이 좋으니 휘파람이 절로 나왔다.

은어가 우아하고 향긋한 냄새를 풍기기 시작했다.

으하하. 단백질이야, 맛있는 단백질이 이렇게나 많아.

가난한 대학생의 기분은 하늘 높은 줄 모르고 치솟았다.

이건 여담인데, 신선한 은어에서는 수박 냄새가 난다. 그래서 은어가 많이 사는 강에는(특히 여름에는) 늘 수박 냄새가 어렴풋이 감돈다. 분명 이곳도 여름이 되면 그런 행복한 냄새를 품은 강바람이 불 것이다.

드디어 껍질이 바삭바삭하게 구워진 은어의 등을 한 입 앙 깨물었다.

음~~~~ 맛있다!

나도 모르게 웃는 얼굴이 되었다.

내 몸이 생리적으로 원했던 단백질 맛이 뇌를 거쳐 온몸 구석구석의 세포까지 환희에 떨게 했다.

아아, 단백질 만세!

이 갓 잡은 은어와 맥주의 궁합이란.

나는 꿀꺽꿀꺽 하고 황금 액체로 목을 축이면서 은어를 덥석덥석 베어 물었다.

시원한 강바람과 따뜻한 모닥불을 동시에 느끼며 한 마리, 두 마리, 세 마리, 탐욕스럽게 먹어 치우고는 다음 은어를 석쇠 위에 올렸다. 은어는 원래 뼈가 부드러워서 센 불에서 멀리 놓고 오래 구우면 머리랑 뼈까지 통째로 먹을 수 있어서 좋다. 특히 머리뼈를 바짝 구워 한입에 먹으면 진한 맛이 일품이다.

아아, 최고다.

아아, 행복해.

아아, 대만족.

맛있는 동물성 단백질과 알코올이 끊임없이 들어가니 흥분이 가실 새가 없었다.

그러나…… 갓 잡은 은어라 해도 열다섯 마리나 된다면 역시 후반전은 힘들다. 여덟 마리째부터 '으으, 아직 반밖에 못 먹었나……. 나머지는 냉동해두고 배고플 때 꺼내 먹고 싶다'라는 사치스러운 생각까지 하기 시작했다.

과유불급이란 이럴 때 쓰는 말이다.

열 마리째에는 먹는 게 의무 같은 기분이 들었고, 열세 마리째는 소중한 단백질을 맥주의 힘으로 꿀꺽 넘겨버렸다. 마지막 열다섯 마리째에 이르렀을 때 자신과의 싸움이 시작되었다.

꺼억…… 지, 지면 안 돼, 모리사와.

여기서 포기하면 고귀한 은어의 목숨을 헛되게 만드는 거야.

그 무표정한 할아버지의 호의도 저버리게 되는 거야.

그래, 입을 벌려.

더 크게!

그리고 은어를 머리부터 입 안으로 밀어 넣는 거다.

꺼어~~~억…….

억지로 입을 벌렸더니 맥주의 탄산 때문에 엄청난 트림이 나왔다. 그 냄새가 완전히 수박 냄새여서 그만 마음이 꺾여버렸다.

아아, 이제, 역시, 나, 힘들지도…….

살짝 눈물이 글썽해진 나는 일단 은어를 석쇠 위에 올려놓고 소화를 돕고자 팔굽혀펴기를 실시했다. 하지만 술 취해서 힘이 빠져버린 내 근육이 오래 버티지 못할 것 같아 냉큼 복근운동으로 바꿨다.

그러나 실패였다. 자갈에 닿아 꼬리뼈 부근이 까진 데다 배에 힘을 너무 줘서 위장에 든 은어 열네 마리가 하마터면 튀어나올 뻔했다. 목까지 올라온 수박 냄새 나는 시큼한 단백질을 오기로 삼켜 가까스로 최악의 사태를 면했다.

더 이상 어쩔 수 없어서 나는 운동을 포기하고 헤드램프 불빛 아래 책을 읽기 시작했다. 실연한 건 아니라도 시간이 모든 걸 치유해줄 것이다.

이미 캔맥주는 다 마셔버렸으니 위스키를 꺼내 홀짝홀짝 마신다. 이야기 세계를 즐기며 이따금 현실 세계의 모닥불에 장작을 던져 넣거나 별 가득한 하늘을 바라보았다. 이런 노숙의 밤도 나쁘지 않았다.

15분쯤 책을 읽다 보면 마지막 은어 하나 정도는 먹을 마음이 생기리라 생각했는데 이 방법은 의외로 역효과였다. 시간이 지날수록 오히려 배가 점점 더 불러왔다.

아으윽, 망했다.

젠장, 이러하다면 마지막 수단. 그걸 해볼 수밖에 없어.

나는 '자기최면'에 도전하기로 했다.

지금부터 나는 내 뇌를 속일 것이다.

나는 책 대신 완전히 식어버린 은어를 손에 들고 중얼중얼 혼잣말을 했다.

아니다, 이건 은어가 아니야. 그래, 소프트아이스크림이다. 달콤한 아이스크림이다. 디저트가 들어갈 배는 따로 있지? 응, 들어갈 거야. 아아, 나는 차갑고 달콤한 아이스크림이 아까부터 먹고 싶었다. 수박 향이 살짝 나는 이 아이스크림을 나는 지금 먹을 것이다.

아하하하. 아아, 배가 고파진다. 이제 먹어볼까?

눈을 감고 잠시 자기최면에 몰두했다. 술에 취한 탓인지 잘 속고 있는 것 같았다.

좋았어, 지금이 기회다.

나는 재빨리 '소프트아이스크림'을 머리부터……가 아니라, 뾰족한 윗부분부터 입 안으로 밀어 넣었다.

응, 이건 아이스크림이얏!

마음속으로 울부짖으며 씹는데…… 웬걸, 갑자기 우웩 하면서 또 눈물이 글썽해졌다.

뇌는 달콤한 맛을 느낄 준비를 했는데 입 안에 들어온 건 짭짤한 은어였으니 오히려 구역질이 날 수밖에 없었던 것이다.

이 맛은 역시 은어잖아…….

전혀 안 달잖아. 오히려 짜잖아…….

애당초 나는 최면을 거는 기술 따위 전혀 없잖아…….

혹독한 현실이 내 입 안을 괴롭혔다.

그러나 일단 씹은 은어를 뱉고 싶지는 않았다. 홀로 궁지에 몰린 나는 거의 무의식의 상태로 '근성, 근성, 왕근성 ♪' 하고 애니메이션 〈근성 개구리('명랑 개구리 뿡키치'라는 제목으로 번역되었다 – 옮긴이)〉의 주제가를 마음속으로 불러 젖히며 필사적으로 삼켰다.

은어, 열다섯 마리.

뼈까지 통째로 먹어 치웠다.

기진맥진한 나는 위장을 좀 쉬게 하려고 몸 오른쪽을 아래로 하여 비스듬히 누웠다.

우우우욱, 괴로워……. 이제 위스키도 못 마시겠어.

나는 녹초가 된 채 은은하게 타오르는 모닥불의 불꽃을 한동안 바라보았다.

• - ＊ - ＊ - - ＊ - •

다음 날 아침.

그 '이변'에 정신이 든 나는 텐트 안에서 눈을 번쩍 떴다.

바삭바삭바삭, 바삭바삭, 바삭바삭바삭……

누군가가 밖에서 텐트 뼈대를 잡고 흔들고 있었다.

"어~이, 아침이야."

어젯밤 마신 술이 아직 내 몸속 깊은 곳에 남아 있는 듯, 나는 반쯤 몽롱한 의식으로 그 목소리를 듣고 있었다.

좁은 텐트 천장을 올려다보며 지금 내가 처한 상황을 조금씩 이해해갔다. 그러다 다시금 눈을 번쩍 떴다.

이 목소리, 할아버지다. 강에서 고기 잡는…….

"으으……, 이, 일어날게요……."

갈라진 목소리로 대답하니 텐트를 흔들던 손이 멈췄다.

나는 잠투정이 심했던 어릴 때 습관이 그대로 남아 있어서 눈을 떠도 벌떡 일어나지 못한다. 나른한 몸을 질질 끌 듯이 침낭에서 기어 나갔다.

그때 언젠가 들은 적이 있는 소리가 텐트 밖에서 희미하게 들려왔다.

털썩.

털썩.

웅?

이 소리는? 설마…….

내가 텐트 지퍼에 손을 댔을 때 이미 할아버지의 발소리는 멀어졌다.

나는 지퍼를 열고 바깥을 확인했다.

이제 막 밤이 걷히기 시작한 희읍스름한 하늘 아래, 자갈을 덮을 듯 난잡하게 놓인 물체를 보고 나는 비명을 삼켰다.

은어였다.

그것도 다섯 마리나…….

할아버지는 어제 쳐둔 걸그물에 걸린 은어를 여기다 놓고 갔다. 아니, 놓아주시고 갔다. 이건 호의다. 아닐 리가 없다. 그렇게 생각하지 않는다면 나는 인간쓰레기다. 일부러 괴롭힐 리가 없다.

그리하여 나는 아침부터 또 은어 다섯 마리를 먹어 치워야 할 처지에 놓였다.

싫다는 위장에 은어 다섯 마리를 억지로 밀어 넣고, 강변에 텐트를 그대로 쳐둔 채 오토바이 타고 강을 따라 거슬러 올라갔다.

여름에 오면 놀기 좋은 포인트를 낮에 탐색해두려는 것이다. 물고기가 잘 잡힐 것 같은 곳이나 뛰어들어 놀 만한 계곡이 있는지 세밀히 살폈다.

이 강은 보면 볼수록 마음에 들었다. 안 가본 강이 없는 내가 다섯 손가락 안에 꼽고 싶을 정도다.

탐색을 끝내고 주변 마을을 돌아다니며 구경했다. 식료품이나 술을 싸게 살 수 있는 가게, 숙박을 안 해도 목욕이 가능한 온천, 비가 내리면 피할 수 있는 다리 아래 공간, 낚시 도구 파는 가게를 찾아두었다. 내친김에 괜찮은 바다까지 찾아두면 완벽하다.

<u>므흐흐흐.</u> 여름이 오면 여기서 실컷 놀아야지.

이렇게 답사를 충분히 끝내고 온천에서 느긋하게 목욕을 한 다음 먹을 걸 사서 다시 강변 캠프지로 돌아왔다. 그리고 밤을 위한 장작을 모았다.

해질녘 갈대밭에서 또 그 할아버지가 나왔다.

"은어, 먹었나?"

여전히 무표정한 얼굴이지만 일부러 텐트에 들른다는 건 관심이 있어서일 것이다.

"맛있게 잘 먹었습니다. 감사합니다."

작은 거짓말을 섞어서 인사했는데 할아버지는 아무 대답도 없이 강 쪽으로 가버렸다. 수줍음이 많은 분이다. 감사 인사를 받으니 어색하신 모양이었다.

할아버지는 오렌지색 저녁 하늘이 비친 강에서 오늘도 열심히 투망을 던졌다.

돌아가는 길에 다시 내 텐트에 홀쩍 들렀다.

"오늘도 많이 잡으셨어요?"

별생각 없이 인사치레로 물었을 뿐인데 할아버지가 허리에서 어롱을 내리고 뚜껑을 여는 것이다.

으앗, 안 돼, 거절해야 해!

그, 그런데 대체 뭐라고 하면 실례가 되지 않을까…….

226

내가 말을 고르는 사이에, 할아버지는 지체 없이 은어를 덥석 움켜쥐었다. 그리고…….

털썩.

갓 잡아 싱싱한 은어 몇 마리가 자갈 위에 놓였다.

"아뇨, 이제, 그 정도면……."

내가 양손을 앞으로 내밀고 웃는 얼굴로 완곡하게 거부했지만…….

"젊으니까 더 먹을 수 있겠지."

털썩.

"아아아, 아뇨, 이제, 저기, 조금 전에 밥을 많이 먹어서, 정말 이제 괜찮습니다!"

나는 얼굴의 미소를 온 힘을 다해 지키며 열심히 거부했다.

"사양하지 말고."

"아뇨아뇨, 저는 사양하지 않습니다. 절대 아닙니다! 더 이상 받으면 다 못 먹을 것 같아서요."

"그런가? 은어는 남기면 안 돼."

할아버지는 그제야 어롱 안에서 손을 빼고 뚜껑을 닫고 빠른 걸음으로 갈대밭 쪽으로 향했다. 안도한 나는 벌떡 일어나서 할아버지의 등에 대고 인사했다.

"가, 감사합니다. 은어, 잘 먹겠습니다!"

세계 제일가는 수줍음쟁이 할아버지는 역시 돌아보지도 않고 경자동차에 올라타더니 부릉부릉 과장스러운 소리를 내며 시야에서 사라졌다.

강변에 홀로 남은 나는 자갈 위에 흩어져 있는 은어들을 내려다보았다.

휴우. 오늘은 두 움큼이다.

하나, 둘, 셋, 넷, 다섯……

헤아려보니 열 마리였다.

어젯밤부터 오늘밤까지 은어를 서른 마리나 먹는 건가…….

왜 일이 이렇게 흘러간 걸까? 좀 더 단호하게 거절했어야 했나? 먹고 싶지 않은데도 나는 은어를 먹어야 한다. 이건 은어라는 생명에 대한 모독이 아닐까?

머릿속에서 반성회가 시작될 것 같아 억지로라도 사고의 방향을 바꾸기로 했다.

그래, 이럴 때는 아무 생각도 해선 안 된다. 머리를 비워라. '무'의 상태가 되는 것이다. 해야 할 일을 담담하게 처리하면 된다. 그 행위를 하는 이유나 의미 따위 생각할 필요 없다. 눈앞의 과제(은어)를 하나하나 해치우기만 하면 된다.

자, 작업 시작이다.

이제부터 담담한 마음으로 과제를 하나하나 처리할 것이다.

나 자신을 타이르면서, 담담하게 모닥불을 피우고, 담담하게 은어에 소금을 뿌리고, 담담하게 강변에 굴러다니는 돌로 작은 아궁이를 만들고, 담담하게 그 안에 숯불을 넣고, 담담하게 석쇠를 올리고, 이 순간만큼은 행복하게 맥주를 마시고, 다시 담담하게 은어를 굽고, 담담하게 은어를 먹고…… 담담하게 은어를 먹고…… 담담하게 은어를 먹고…… 담담하게 은어를 먹고…… 담담하게 은어를 먹고…… 담담하게 은어를 먹고…… 담담하게 은어를 먹고……, 살짝 서글픈 생각이 들려는 걸 꾹 참고, 담담하게 은어를 굽고…… 담담하게 은어를 먹고…… 눈물이 글썽거려도, 담담하게 은어를 먹고…… 담담하게 은어를 먹고…… 노력하는 나 자신을 칭찬하면서, 은어를 굽고…… 마지막엔 오늘도 '왕근성'으로 다 먹었다.

그래도 반 이상은 담담하게 수행을 완료한 것 같다.

내가 깨달음을 얻을 날도 머지않으리라.

"정말, 나는 장해."

입으로는 이렇게 말했는데, 마음속에서 '정말, 나는 바보야'라고 동시통역된 이유는 아마 통역기가 고장 난 탓이겠지.

만약 오늘 저녁의 성공에 대해 매스컴에서 취재를 나온다면 나는 이렇게 대답할 것이다.

'덕분에 어젯밤에 이어 '자신과의 싸움'에서 2연승을 거뒀습니다. 감사합니다. 네? 승리의 요인이요? 글쎄요, 열다섯 마리에 이르는 어젯밤의 고행 덕분에 요령이 생겼다고 할까요? 페이스 배분을 잘한 것 같습니다. 그다음 요인은 단순히 어젯밤보다 다섯 마리 적었기 때문에? 오늘은 다행히 '근성 개구리'를 부르지 않고도 완수했습니다. 네? 이 2연패 달성에서 얻은 것이요? 으~음, 인간은 역시 경험에 의해 성장한다……는 확신일까요? 페이스 배분에 조금이라도 실패했다면 아무리 나라도 다 못 먹었을 거예요. 뭐, 솔직히 트림을 할 때마다 진한 수박 향이 느껴져서, 몇 번이나 포기할뻔하긴 했지만요.'

아무튼 나는 하루에 은어 서른 마리를 먹는, 누구에게도 칭찬받을 수 없는 '위대(偉大)', 아니 '위대(胃大)'한 업적을 이뤄냈다.

아아, 앞으로 반년 동안은 은어를 쳐다보기도 싫을 것이다…….

이러다 벌 받는 건 아닌가 싶을 만큼 호강에 겨운 말을 중얼거리면서 나는 바보스러운 만족감과 포만감을 안고 침낭으로 들어갔다.

• - * • - * - • - * - •

다음 날 아침.

바삭바삭바삭, 바삭바삭, 바삭바삭바삭…….

누군가가 텐트 뼈대를 잡고 흔드는 소리에 퍼뜩 잠에서 깼다.

"어~이, 아침이야."

"이, 일어나요, 일어나요, 잠깐만 기다려주세요."

위험하닷!

나는 다급하게 침낭에서 뛰쳐나가 신발도 안 신고 텐트 밖으로 굴렀다. 발밑에서 뒹구는 나를 보고 할아버지는 조금 의아한 얼굴을 했지만 곧 어롱 뚜껑을 열고 그 안으로 손을 집어넣었다.

"아아앗, 오늘은 이제 됐습니다. 정말 괜찮아요. 어젯밤에 술을 많이 마셔서 아침밥을 못 먹겠어요."

"……."

할아버지의 손이 어롱 안에서 멈췄다가 한층 더 의아한 눈으로 나를 내려다보았다. 그때 나는 자갈 위에 무릎을 꿇고 마치 신에게 비는 듯한 자세를 취하고 있었다.

아무튼 일단 할아버지의 손이 멈췄다. 하지만 안심할 수는 없다. 한 번 더 확실히 말해야 한다.

문득 어젯밤에 할아버지가 했던 말이 떠올랐다. 그랬다. '은어는 남기면 안 돼'라고 하지 않았던가? 이 할아버지는 음식 남기는 걸 무척 싫어하는 게 틀림없다.

"저기, 지금 식욕이 없어요. 맛있는 은어를 주셨는데 남기면 아깝잖아요. 오늘은 마음만 받겠습니다. 감사했습니다."

굳이 과거형으로 인사했다.

"술이 덜 깼나?"

"예, 어제 꽤 많이 마셔서……."

할아버지는 새벽녘의 어스레한 하늘을 올려다보며 잠시 고민하는 표정을 짓다가 다시 나를 보았다.

"커피, 마시려나?"

"네?"

"집에서 커피 한잔 타주지."

그건 무척 고맙다.

"예. 감사합니다."

"내 차로 가자."

할아버지는 경자동차를 세워둔 쪽을 눈으로 가리키더니 성큼성큼 앞서 걸었다.

"아, 예."

나는 그제야 신발을 신은 다음 귀중품을 넣어둔 벨트 색을 텐트 안에서 꺼내어 들고 할아버지의 여윈 뒷모습을 따라갔다.

경자동차 조수석에 오르니 할아버지가 냉큼 시동을 걸고 액셀을 꾹 밟는다. 연세에 비해 운전이 꽤 난폭하여 조금 무서웠다.

"우리 집 바로 저기야."

"예. 아침부터 죄송합니다."

인사하면서 문득 생각했는데, 이분은 왜 아침마다 나를 깨우는 걸까……?

신선할 때 은어 먹으라고? 아니면 '별난 젊은이'에 대한 호기심?

어쩐지 양쪽 다이지 않을까 싶었다.

강변에서 할아버지 집까지 가는 길은 좌우로 논밭이 펼쳐진 목가적인 분위기의 전형적인 시골길이었다. 도로를 걷는 사람이 거의 없어서 멍하니 풍경만 바라보았다. 마치 정지된 그림처럼 보였다.

드넓은 시골 풍경, 참 좋구나…….

차는 곧 할아버지 집 마당으로 들어가서 멈췄다.

"여기야."

"네."

최소한의 단어로만 말하는 수줍음 많은 할아버지를 따라 지극히 평범한 시골 단층집으로 들어갔다.

할아버지는 부인과 둘이서 살고 있었다.

"어이, 이 사람한테 커피 대접해."

"네."

할머니는 상냥하고 무척이나 얌전한 분이었다. 아침 댓바람부터 예고도 없이 불쑥 들어온 어디서 굴러먹던 놈인지도 모르는 청년에게 네스카페를 타 주신…… 건 고마웠는데, 설탕과 크림을 수북하게 세 스푼씩 넣어주셔서 솔직히 마시기가 괴로웠다.

나는 거의 설탕물 같은 커피를 마시면서 할아버지와 강낚시에 관한 이야기를 나눴다. 할아버지는 일본 각지의 강에 대한 정보가 많은 내 이야기를 무척 흥미롭게 들었다.

"창고 안에 낚시 도구가 여럿 있어. 잠시 구경할 텐가?"

"오오, 꼭 보고 싶습니다."

나는 할아버지를 따라 일단 밖으로 나와서 조금 떨어진 곳에 지은 창고로 안내받고 다양한 어구를 구경했다.

은어 전용 걸그물, 투망, 자연산 장어를 잡을 때 쓰는 주낙과 통발, 징거미새우를 건질 때 쓰는 사내끼, 장어 전용 칼 외에도 각종 낚시도구가 잔뜩 놓여 있었다. 할아버지는 사용법까지 친절하게 설명해주었다. 마니아에겐 무척 흥미로운 이야기다.

"다음엔 여름에 와. 여름엔 장어가 잡히지. 같이 배 타고 나가도 되고."

"우와, 꼭 오겠습니다."

'아침부터 운이 좋구나……'라고 속으로 기뻐하는데 안채에서 할머니의 목소리가 들렸다.

"아침 식사 준비됐어요."

"응."

할아버지의 짧은 대답을 신호로 우리는 창고에서 나왔다.

다시 집으로 올라가서 거실로 들어가 보니 고타쓰 위에 두 사람 분의 아침 식사가 차려져 있었다. 이 지역 사람들이 흔히 먹는 '찻죽'이다.

'찻죽'이란 엽차에 밥을 넣고 끓여서 소금을 살짝 친 죽을 말한다. 찻죽 외에 매실 장아찌와 밑반찬, 된장국도 놓여 있었다.

나는 할아버지께 '아침은 안 먹겠다'고 말해뒀으니 테이블 위의 식사는 할아버지와 할머니 것이라고 생각했다. 나의 착각이었지만.

"자네는 거기 앉아."

"예?"

'거기'란 찻죽이 놓인 자리여서 난 무심코 고개를 갸우뚱했다.

"여기요?"

"술병 났어도 찻죽 정도는 먹을 수 있겠지?"

은어가 아닌 밥이라면 먹을 수 있다! 감사히!

"와아, 왠지 죄송하네요. 그럼 사양 않고 먹겠습니다."

할아버지는 음 하고 고개를 끄덕였고, 할머니는 눈썹을 팔자로 내리면서 방긋 웃으며 말했다.

"반찬이 없어서 미안하네."

그리고 할머니는 부엌으로 물러났다.

내가 찻죽을 먹기 시작하자 할아버지가 할머니를 불렀다.

"어~이, 은어 좀 구워 와."

엣?

나는 순간적으로 덜컥 놀랐지만 곧 다시 생각했다.

아냐아냐, 괜찮을 거야, 분명…….

은어는 이제 못 먹겠다고 분명히 전했고, 받으면 남길 거라고 분명히 말했고, 게다가 조금 전에 '찻죽 정도는 먹을 수 있겠지?'라고 하시지 않았던가? '찻죽 정도는'이라는 표현이야말로 다른 건 못 먹는다는 걸 충분히 이해했다는 증거야.

단, 불안 요소도 있긴 있었다. 어제 술을 많이 마셔서 아침밥은 못 먹겠다고 했는데도 아침 식사를 차려놓았다. 이렇게 흘러가면 은어를 먹게 되는 일도 일어나지 않으리라는 보장은 없다.

혼자서 쩔쩔매는데 부엌에 있던 할머니가 얼굴을 살짝 내밀고 물었다.

"몇 마리요?"

"나는 한 마리, 이 사람은……."

엣? 이 사람이라니?

"다섯 마리면 되겠나?"

"예?"

"부족하나?"

"아뇨아뇨, 충분합니다."

앗! 깜짝 놀라서 나도 모르게 '충분하다'라고 말해버렸다!

"아, 아뇨, 이제 그렇게 못 먹겠는데."

"이 사람은 일본 방방곡곡의 강을 돌아다니며 여행할 정도로 은 어를 좋아한다는군."

할아버지가 평소답지 않게 웃으면서 할머니에게 말했다.

"어머나, 전국을 돌아다니는 거야?"

할머니가 존경스러운 눈빛으로 나를 보았다.

"예, 뭐, 그냥……. 아, 그런데 지금은 배가 불러서."

"젊은데 그 정도는 먹어야지."

나왔다. 할아버지의 우격다짐.

"아뇨, 그래도"

"사양할 필요 없어."

"사양하는 게 아닙니다."

내가 필사적으로 거절하고 있는데 어느새 부엌으로 이동한 할머니의 목소리가 들렸다.

"사양하지 말아요. 벌써 굽고 있으니까."

으악!

실제로 은어 굽는 냄새가 거실까지 흘러왔다.

어쩔 수 없다. 힘내서 조금만 먹어볼까…….

"저기, 그럼 조금만 먹겠습니다. 다섯 마리는 너무."

"벌써 굽고 있어. 애써 잡은 은어야. 남기면 안 돼."

할아버지가 미간에 주름을 잡고 여태껏 본 적 없는 엄한 얼굴로 나를 똑바로 보았다.

안 돼~~~.

그렇게 안 먹겠다고 했는데…….

잠시 후 내 앞에 정확히 다섯 마리의 은어가 놓였다.

은어는 보통 한 마리 아닌가?

호텔 조식에도, 식당의 정식 요리에도, 한 사람당 한 마리가 상식이지?

그런데 내 앞에는 통통하게 살찐 은어가 다섯 마리나 놓여 있다. 자기가 무슨 시샤모나 멸치라도 되는 것처럼.

어째서 이런 일이?

"자, 먹어. 사양하지 말고."

사양하는 게 전혀 아닌데…….

나는 거의 울먹이면서 통틀어 서른한 마리째 은어를 깨물었다.

아, 맛있어. 분명 맛있는데, 그런데 나는 가마우지 새가 아니잖아, 계속 같은 것만 먹으면, 왠지 좀 신체가 생리적으로 저항한다고 할까, 아무튼 많이 슬퍼지거든…….

나는 마음속으로 중얼거리면서, 하지만 입술 끝은 온 힘을 다해 올린 채, 찻죽을 먹고, 은어를 먹고, 은어를 먹고, 된장국을 마시고, 은어를 먹고, 은어를 먹고, 매실 장아찌를 먹고…….

마지막 한 마리와 싸울 때는 역시 마지막 수단인 '근성 개구리' 테마송을 마음속으로 불러야 했다.

그야말로 '근성, 근성, 왕근성♪'으로 서른다섯 마리째의 은어를 체내에 밀어 넣은 나는 할아버지와 할머니께 몇 번이나 인사드린 후 걸어서 강변 캠프지로 돌아왔다.

하아, 설마 오늘 아침에도 은어를 먹게 될 줄이야.

커피만 마시려고 했는데.

하아…….

아무도 없는 강변에서 홀로 잇따라 한숨을 내쉬는데…….

갑자기 마려웠다.

그 많은 은어를 위에서 밀어 넣었으니 이쯤 되면 밑으로 나와야 한다.

잠시 마킹하고 올까?

나는 휴지를 들고 갈대밭을 헤치고 나아갔다.

절대 사람이 들어올 것 같지 않은 후미진 곳에 작은 구멍을 파고 그 구멍 위에 쭈그리고 앉았다. 이때 조준을 잘못하면 뒤처리하느라 고생하게 되니 앉을 위치를 신중하게 조정해야 했다.

좋았어.

발사 준비 완료!

이제부터 푸른 하늘 아래에서 시원한 마킹을 시작하도록 하겠습니다!

아주 긍정적인 기분으로 그 행위에 이른 직후.

한 가지 '경악스러운 사실'을 깨달았다.

조준은 성공적이어서 멋지게 홀인원을 기록했으나,

놀랍게도!

그 순간 나는 무척 진한 향기를 맡고 말았다.

게다가 '좋은 냄새'였다.

수박 향…….

내 똥이…….

아으윽.

이게 무슨 일이야.

몸속 소화기관이 서른다섯 마리의 은어로 꽉 채워졌던 것이다.

이 정도라면 나를 '은어 인간'으로 불러야 할까?

수박 향이 나는 똥을 누는 생물은 역시 인간이 아닌 거지?

나는 갈대로 둘러싸인 좁은 공간에 쭈그리고 앉은 채, 화창한 11월의 하늘을 올려다보며 서글픈 자문자답을 계속했다.

조준을 잘못할까 마음 졸였는데 냄새 때문에 충격을 받을 줄은······.

내가 생각해도 어이가 없어서 실실 웃음이 나왔다.

그 웃음이 잦아들었을 때 결심했다.

이제 집에 가자.

얼른 보통 인간으로 돌아가야지.

싸우는 두 사람을
말리느라

대학 시절 여름방학 때 오토바이 친구인 미야지마와 서일본을 빙 도는 노숙 투어를 할 때의 이야기이다.

그날 우리는 규슈의 아리아케(有明) 해변도로를 목적도 없이 어슬렁어슬렁 돌아다녔다.

현기증이 날 것 같은 한여름 더위 속에서 움직이는 시간보다 쉬는 시간을 더 많이 가지며 천천히 느긋하게 이동하는 동안, 그토록 뻔뻔스럽게 쨍쨍 열을 뿜던 태양도 어느새 바다 저편으로 주르르 미끄러져 세상이 연분홍색으로 물들었다.

우리는 평평한 셀로판지처럼 보이는 푸른 바닷가의 작은 공터에 오토바이를 세웠다. 풀밭에 서니 잔잔한 만 쪽에서 파도 소리가 기분 좋게 흘러왔다.

어딘가 멀리서 매미가 운다. 우리는 가을 냄새를 어렴풋이 품은 바닷바람을 맞으며 각자 1인용 텐트를 쳤다.

설치가 끝난 텐트 안에 짐을 휙 던져 넣고 다시 오토바이 타고 근처 주류점으로 향했다. 연료(알코올)를 조달하기 위해서다.

맥주와 위스키를 충분히 사서 캠프지로 돌아온 우리는 당장 땅바닥에 주저앉아 술잔치를 벌였다.

우선 얼음처럼 차가운 캔맥주로, 건배.

30분쯤 시간이 지나자 동쪽 하늘부터 암막으로 감싸이듯 밤이 찾아왔다. 밤하늘엔 새초롬하게 빛나는 초승달 외에도 헤아릴 수 없을 만큼 많은 별이 떠 있었다. 은하수가 그 밤하늘을 반으로 갈라놓았다.

우리는 양초를 사용하는 소형 랜턴에 불을 붙여놓고, 싱싱한 위장에 알코올을 벌컥벌컥 들이부으며 하찮은 이야기에도 깔깔깔 웃어댔다.

그때 멀리 어둠 속에서 오토바이 한 대가 다가왔다.

이런 별난 장소를 향해 오다니 누구지…….

신기해서 자세히 보는데, 4스트로크의 낮은 엔진 소리가 공터 앞에서 멈췄다.

2인승 오토바이였다. 풀페이스 헬멧을 썼는데, 언뜻 보니 둘 다 남자였다. 뒷자리에 탄 아담한 몸집의 남자는 등에 커다란 배낭을 짊어졌다. 아마 우리처럼 장거리 투어 중인 모양이었다.

오토바이에서 내려 헬멧을 벗은 두 남자가 이쪽으로 다가온다.

한 사람은 장발에 몸집이 작고, 다른 한 사람은 단발에 덩치가 좀 크다. 나이는 대학생인 우리와 비슷해 보였다.

"안녀엉~. 우리도 오늘 여기서 자도 되나요오?"

장발이 아주 아주 아주 친근한 말투로 우리한테 물었는데 갑자기 단발이 끼어들어 구박을 한다.

"야, 너, 처음 만나는 분한테 안녀엉~이라니! 자꾸 그렇게 예의 없이 굴래?"

말하면서 이마를 딱! 때린다.

"아야, 아파! 이 바보야, 친구를 그렇게 세게 때리는 놈이 어디 있어! 뇌진탕으로 죽으면 어쩔래! 이 멍청아!"

"누가 바보고 누가 멍청이냐, 이 자식 정말."

거의 만담을 보는 것 같았다.

한순간 멍해진 나는 우선 미야지마와 눈을 맞추고 고개를 끄덕인 다음 "아, 우리는 괜찮습니다"라고 말해보았다.

"진짜요? 완전 기분 좋네~."

장발이 오사카의 장사꾼처럼 두 손을 싹싹 비비며 말했다.

"이 녀석은 보시는 것처럼 바본데요. 아무튼 잘 부탁합니다."

단발이 장발의 머리를 마구 엉클며 말했다.

"하지 마, 이 나쁜 놈아. 머리에 얼마나 공들였는데 망가뜨리면 어떡해!"

"아이고, 시끄러. 네 머리는 꼭 새 둥지처럼 불결하거든. 있잖아요, 두 분~. 이 녀석 머리 딱 봐도 더럽죠?"

단발이 난데없이 우리를 끌고 들어간다.

장발이 호소하는 눈빛으로 우리를 본다.

헐…….

뭐지? 이 분위기는…….

미야지마와 눈이 마주쳤다.

이 질문에 우리는 어떻게 대답해야 하나?

알코올에 찰랑찰랑 잠긴 뇌로 한순간 생각했다.

"불결한 것 같으면 저기 커다란 목욕탕이 있으니 들어가서 씻고 오시면 어떨까요?"

바다를 가리키며 내가 농담하자 단발이 손뼉을 치며 좋아한다.

"그거 좋은 생각이네요. 야, 너, 냉큼 갔다 와."

"이 바보야, 소금물에 젖으면 머리가 미역이 된다고! 저기요, 이런 미역 안 먹고 싶죠?"

이번엔 미야지마에게 물었다.

"예? 아, 아, 아하하하. 아무래도 먹고 싶지는 않겠죠……?"

"당연하지. 이 더러운 걸 누가 먹냐? 멍청아!"

또 단발이 장발의 머리를 때리며 핀잔을 준다.

"아야. 너, 내 머리 이상해지면 책임지고 나랑 결혼해야 된다."

"이 바보가! 내 인생이 그렇다면 지금 당장 죽는 게 낫겠다."

"우아~. 친구한테 그렇게 심한 말을 하냐! 안 그래요?"

또 우리를 끌어들인다.

"아하하, 뭐, 나도 이 녀석이랑 결혼해야 한다면 그냥 죽겠네요."

내가 미야지마를 가리키며 말하자 미야지마가 "나도 싫거든!" 하고 되받아친다. 그런 우리를 보고 간사이 사투리를 쓰는 두 사람이 "억수로 재미있는 사람들이네"라며 웃는다. 과장스럽게 손뼉까지 치면서.

아니아니아니, 재미있는 건 당신들이잖아.

그보다 대체 뭐지? 이 능청스러운 만담 콤비는?

이 사람들은 도대체 우리한테 뭘 원하는 거지?

저들 나름대로 자기 소개하는 방식인가?

아니면 우리랑 친해지고 싶어서 연기하는 건가?

여러 가지 생각이 들었지만 그래도 뭐, 나쁜 사람들 같지는 않아서 안심했다.

"술 한잔할래요?"

내가 물으니 둘 다 무척 기뻐한다.

"우와아, 완전 좋지요."

"여행지에서 만난 사람이랑 술을 마시다니."

"자주 없는 기회야."

"응, 거의 없지."

"그런데 우리는 빈손이라 잠시 술 사 갖고 올게요."

"저쪽에 가게 있었지?"

"응, 있어있어."

장발과 단발은 대본에 있는 걸 외우기라도 한 것처럼 대화를 나누더니, 다시 오토바이 타고 주류점 쪽으로 사라졌다.

두 사람이 없으니 귀울림이 느껴질 정도로 고요하다. 그러나 가만히 귀 기울이면 부드러운 파도 소리와 가을벌레들의 평온한 노랫소리가 들린다.

미야지마와 나는 왠지 묘한 안도감을 느꼈다.

"쟤들 엄청나네. 폭풍이라도 지나간 것 같아."

나는 두 사람이 사라진 쪽을 보며 맥주를 들이켰다.

"만담가 지망생인가?"

"아하하. 나도 그 생각했어."

"아까 때릴 때 진짜 아파 보이더라. 소리도 딱! 하고 엄청 크게 났어."

"응, 인정사정없더라."

단발의 매서운 딱밤을 떠올리니 저절로 쓴웃음이 나왔다.

"떠들썩한 밤이 될 것 같네."

"그러게."

그런 대화를 나누는데 멀리서 4스트로크 엔진 소리가 들렸다. 그들이 돌아온 것이다.

• - * • - * - • - * - •

"그럼 우선 건배!"

"건배!"

별 가득한 하늘 아래 자그마한 랜턴을 둘러싸고 간토와 간사이 대학생 네 명이 술판을 벌이기 시작했다.

그들은 고맙게도 우리가 마실 것까지 생각해서 맥주랑 안주를 넉넉하게 사 가지고 와주었다.

무척 시끄럽긴 해도 좋은 녀석들이다(술만 주면 대체로 '좋은 녀석'으로 분류한다는 것이 가난한 대학생의 장점이다).

"어디서 왔어요?"

미야지마가 물으니 장발이 긴파치 선생처럼 옆머리를 귀에 걸며 대답했다.

"나는 교토에서 왔고, 이 녀석은 북한."

"야, 오사카지! 시시한 장난 좀 치지 마, 이 멍청아."

퍽!

"으악, 아파!"

장발이 이번엔 뒤통수를 감싸며 호소하듯 나를 보았다.

"이 녀석 진짜 심하죠? 사랑이 없어요."

"네, 없네요. 눈곱만큼도."

내가 웃으며 대답했다.

"사랑 따위 당연히 없죠. 이 녀석 진짜 인간쓰레기거든요. 좀 들어볼래요?"

이번엔 단발이 캔맥주를 손에 들고 호소했다.

"아하하. 말해보세요."

"우리는 텐트가 하나밖에 없거든요. 지난번에 이 자식, 밤에 비가 오는데도 텐트에 못 들어오게 했어요."

"엇, 그럼 비 맞으면서 잤어요?"라고 미야지마가 물었다.

"네. 이 자식, 진짜 인간쓰레기죠? 보통 불쌍해서라도 재워주잖아요."

"예, 그렇죠"라고 내가 말했다.

"내 말이 맞죠? 역시 이 자식은 인간쓰레기예요. 이런 놈한테 사랑?"

"바보냐. 나의 좁은 1인용 텐트에서 왜 남자랑 딱 붙어 자야 해? 징그러!"

장발이 반은 웃는 얼굴로 반은 화난 얼굴로 받아쳤다.

"그래도 친구라면 좁아도 들어오라고 하겠죠?"

다시 단발이 미야지마에게 애절한 눈빛으로 물었다.

"뭐, 싫긴 하지만, 들어오라고 하겠죠. 비가 오는데 어쩔 수 없잖아요."

기고만장해진 단발이 장발 쪽으로 돌아앉는다.

"거봐. 넌 나쁜 놈이야. 그러니 못생긴 여자한테 차이지."

"안 못생겼어! 아니, 그거랑은 관계없잖아. 아니, 이 녀석도 진짜 인간쓰레기거든요."

장발이 우리한테 하고 싶은 말이 있는 것 같아서, 미야지마도 나도 웃으면서 고개를 끄덕였다.

"내가 절대 싫다고 했는데 억지로 텐트 안에 들어와서 거의 내 위에 올라탄 채로 자려고 하는 거예요. 소름 끼치잖아요. 또 텐트에 안 들여주면 혼자서 오토바이 타고 가겠대요. 그 말은 발 없는 나를 깊은 산속에 버려두고 가겠다는 뜻이잖아요. 인간쓰레기니까 그런 말을 하죠."

그렇군.

요컨대 이런 거다.

오토바이 주인은 단발이고, 장발을 뒤에 태워준다.

장발은 오토바이 대신 텐트를 갖고 있지만 텐트가 좁아서 단발과 같이 자고 싶지는 않다.

이슬아슬하게 유지됐던 힘의 균형이 무너지기 시작한 것이다.

두 사람의 주장을 듣다 보니 더 재미있는 사실이 많았다.

단발은 텐트는 없지만 침낭을 갖고 있다. 그래서 추운 겨울에는 강하다. 반면에 장발은 헤드램프를 갖고 있다. 즉, 어두운 곳에서는 유리해진다.

아까부터 서로 시비만 거는 두 사람에게 미야지마가 쓴웃음을 지으며 그럴듯한 충고를 했다.

"그러지 말고 텐트도 침낭도 헤드램프도 각각 하나씩 사면 되잖아요. 둘이서 하나밖에 없는 물건이 너무 많아요."

"내 생각도 그래"라고 나도 동의했다.

그러자 오토바이를 갖고 있는 단발이 이렇게 받아치는 것이다.

"으아~ 이 녀석이랑 여행하기 위해 돈을 쓰라고요? 돈 아까워요."

"그건 내가 할 말이다. 진짜 짜증나는 놈이네."

이 둘도 술이 센지 그렇게 많았던 맥주가 눈 깜짝할 사이에 없어졌다. 이어서 우리가 갖고 있던 위스키를 해치우기로 했다.

술기운이 돌기 시작하자 처음에는 만담 수준이었던 두 사람의 대화가 '싸움'의 양상을 띠기 시작했다.

"애초에 네가 오토바이 여행 하고 싶다고 해서 태워줬는데, 네가 왜 거만하게 굴고 난리야?"

"바보야, 설마 투어 가자는 사람이 텐트도 없을 줄 누가 알았겠나?"

"야 인마, 빌린 돈부터 갚고 나서 말씀하시지?"

"지금 마작 이야기가 왜 나와? 처음 만나는 사람들 앞에서 하찮은 이야기 좀 하지 마라, 이 새끼야."

점점 진흙탕 싸움으로 번졌다. 그걸 보며 마시는 미야지마와 나는 이미 곤드레만드레다. 간사이파는 눈을 부라리고 간토파는 눈이 풀어진 채 밤이 깊어갔다.

미야지마와 나는 이제 알았다. 이 두 사람은 만담을 한 게 아니라 진짜로 사이가 틀어져서 티격태격했다는 사실을. 서로를 줄기차게 비난하면서 이따금 우리한테 심판을 의뢰한다.

"있잖아요. 이 자식 누나, 못생긴 주제에 완전 바람둥이예요."

"지랄하고 있네. 그거 어디서 들은 소문이야. 우리 누나는 집에서 잘 나가지도 않거든. 게다가 아직 처녀라고. 너도 동정이지? 이 자식, 딱 봐도 동정같이 생겼죠?"

이런 것까지 판정해주길 원하면 좀 곤란하다. 우리는 쓴웃음을 지을 수밖에 없었다.

말다툼 도중에 장발이 벌떡 일어났다.

"아, 진짜 열 받네. 소변 좀 보고 올게요."

장발이 비틀비틀 갈지자로 걷는데 단발이 살짝 일어나더니 장발 뒤를 따라간다. 장발이 공터 구석에 서서 철벅철벅 성대한 소리를 내며 볼일을 보기 시작하자 뒤에서 단발이 장발의 다리 사이로 잽싸게 손을 찔러 넣는다.

그만큼 성대했던 철벅철벅 소리가 갑자기 멎었다.

"야, 안 돼~! 자, 잡지 마, 이 새끼 정말!"

비명에 가까운 장발의 목소리가 어둠 속에 울려 퍼졌다.

우리는 눈으로 보고도 믿을 수 없었다. 단발이 뒤에서 장발의 다리 사이로 손을 넣어 요도를 압박하여 오줌 통로를 막아버린 것이다.

"어떠냐? 오늘은 텐트에서 재워줄 거지?"

"안 돼! 야, 손 떼, 멍청아."

철벅…….

한순간 몸을 비틀어 풀어졌지만 곧 다시 막힌 듯했다. 소리를 들으면 알 수 있다.

"으하하하하. 안 놔줄 거야~."

"진짜, 그만 좀 해. 도중에 멈추면 기분 나쁘다고!"

철벅철벅철…….

"엇, 도망가지 마, 이 새끼."

라고 한 다음 순간.

달빛에 비친 장발의 등에서 애수에 잠긴 목소리가 흘러나왔다.

"으, 아, 아아……. 지, 진짜……. 신발이랑 바지가 젖어버렸어……."

"……."

너무나도 애절한 목소리에 모두 할 말을 잃었을 때, 다시 그 철벅철벅 하는 소리가 돌아왔다. 그러나 방뇨가 이미 후반전에 돌입한 듯 소리에 힘이 없었다.

철벅철벅…… 철벅…… 철벅…….

어쩐지 다 나온 모양이다.

바지 지퍼를 올리는 소리가 허무하게 울렸다. 장발이 등을 돌린 채 중얼거린다.

"갈아입을 바지 없는데…… 젖은 채로 자야 해. 너, 나랑 같이
잘 거지?"

부드러운 파도 소리가 밤공기 속을 맴돈다. 가을벌레들의 슬픈
노래가 어느새 비웃음으로 바뀌었다.

"아, 아니…… 역시, 나는, 밖에서 잘게……."

단발의 대사에 미야지마와 내가 무심코 "풋" 하고 웃었을 때 장
발의 낮은 목소리가 들렸다.

"너도 소변 눌 때 뒤를 조심해."

"……."

"놀랄 만큼 잘게 내보내줄 테니까."

나는 더 이상 참지 못하고 크게 웃어버렸다.

놀랄 만큼 잘게!

소리로 표현하면 이런 느낌일까?

찰밧. 찰밧. 찰밧. 찰밧. 찰밧!

혹은 이렇게?

찰바, 바, 바, 바, 바, 바, 바, 바, 바, 밧!

말하자면 따발총 소변이다.

두 사람이 조금 거북한 얼굴로 돌아왔다.

장발이 폭소를 터뜨리는 나를 보고서 눈썹을 팔자로 내리며 말했다.

"무릎 밑으로는 진짜 흠뻑 젖었어요. 아아, 찝찝해……. 어떻게 이럴 수가 있어요? 이 자식 진짜 인간쓰레기죠?"

나는 가까스로 웃음을 참으며 의견을 말했다.

"휴지로라도 좀 닦지그래요?"

"아뇨, 괜찮습니다. 오토바이 탈 때 뒤에서 이 녀석한테 묻지를 거예요."

"으앗, 너, 얻어 타는 주제에 그러면 안 되지!"

"네가 바보 같은 짓을 하잖아!"

"간사이 사람이 그만한 장난도 못 받아주냐! 오줌 묻은 것 정도는 웃어넘겨야지! 이 멍청아!"

"들었지요? 이 자식, 정말 인간 같지 않지요?"

또 시작이다.

에라, 나도 이제 모르겠다.

그 후로도 계~~~~~속 말다툼을 이어갔지만 다들 상당히 취하고 졸리기도 하여 술자리를 그만 정리하기로 했다.

장발은 "이 자식이 헤드램프를 훔쳐 가서 안 돌려줘요. 진짜 나쁜 놈이죠?"라고 불평하면서 초승달 아래 텐트를 치기 시작했다.

단발은 헤드램프 빛으로 평평한 풀밭을 찾아 그곳에 침낭을 폈다. 언뜻 보니 텐트도 침낭도 마트에서 잔뜩 늘어놓고 싸게 파는 조잡한 물건이었다. 이런 싸구려라도 좋다면 각각 하나씩 사도 될 텐데……

나는 마음속으로 생각하면서 단발에게 말을 걸었다.

"혹시 침낭을 풀 위에 바로 까는 거예요?"

"예? 예."

그게 뭐가 잘못됐어?라는 얼굴이다.

"아침 이슬 때문에 침낭이 흠뻑 젖을 텐데?"

"맞아요!"

나는 그가 불쌍해져서 내 텐트 밑에 깔았던 레저시트를 빌려주기로 했다.

"이걸 침낭 밑에 깔아요. 없는 것보단 나을 테니까."

"우와, 엄청 고마워요. 어이, 너, 이런 게 사람의 정이라는 거야."

"시끄러, 바보야. 그럼 내 오줌이랑 같이 자."

"암모니아 냄새나는 밀실에 누가 들어가고 싶겠어? 이 멍청아."

질리지도 않고 티격태격하는 두 사람을 남겨두고 미야지마와 나는 "그럼 안녕히 주무세요"라고 인사하고 각자 텐트로 들어갔다.

폭신폭신한 침낭에 들어가 눈을 감았다. 너무 많이 마셨는지 뇌가 알코올에 둥둥 떠다니는 듯했다. 세상이 빙빙 돌았다.

텐트 밖에서는 여전히 두 사람의 입씨름이 계속 이어졌다.

자려고 해도 시끄러워 잘 수가 없다.

정말 성가신 녀석들이랑 같이 지내게 됐네. "시끄러, 그만 입 닥쳐, 이 멍청이들아!"라고 고함을 한번 질러줄까……라고 잠깐 생각했지만, 어느새 알코올의 힘에 의해 질질 끌려가듯 잠의 세계로 빠져들었다.

다음 날 아침.

여름 아침 햇살을 받아 텐트 안이 한증막 상태가 되었다.

"으으, 더워……."

나는 땀에 흠뻑 젖은 채 텐트 지퍼를 열고 밖으로 나갔다.

텐트 앞에 단정하게 접힌 레저시트가 놓여 있었다. 바람에 날려가지 않도록 누름돌 대신 소주 됫병이 얹혀 있다.

어? 그 시끄러운 두 사람은 어디 갔지? 나는 장발이 텐트를 쳤던 곳으로 시선을 돌렸다. 아무것도 없다. 물론 단발이 침낭을 폈던 곳도 마찬가지였다.

어젯밤 그렇게 마셨는데도 벌써 출발한 모양이었다.

뭐야, 결국 화해했잖아.

나는 쓴웃음을 지으며 소주를 들어보았다.

아직 뚜껑도 따지 않은 것이었다.

자세히 보니 라벨에 볼펜으로 메시지를 적어놓은 게 아닌가?

"우아~ 오늘도 무지 덥네~."

미야지마가 뜨거운 텐트에서 기어 나왔다.

"잘 잤어? 그놈들 벌써 출발했네."

내가 히죽거리며 말하자 미야지마는 아직 졸린 듯 눈을 비비며 "알아"라고 대답했다.

"오토바이 소리 들었어."

"진짜? 나는 깊이 잠들었는지 전혀 몰랐어."

"엄청 시끄러운 녀석들이었어. 계~~속 싸우기만 하고."

"아하하. 그치? 그래도 이것 봐. 소주를 선물로 두고 갔어."

"오오, 뭐야, 좋은 녀석들이네!"

한 번 더 쓰자.

술만 주면 대체로 '좋은 녀석'으로 분류한다는 것이 가난한 대학생의 장점이다.

"미야지마, 이런 메시지를 남겼어."

"응?"

내 텐트 앞까지 나른한 몸짓으로 걸어온 동반자에게 됫병을 건넸다. 그걸 읽은 미야지마가 여름 아침의 푸른 하늘 아래에서 "아하하하!" 하고 천진난만하게 웃는다.

"우습지?"

"하하, 진짜 웃기는 녀석들이네."

"같이 마시는 건 성가신데, 멀리서 두 사람의 만담을 구경하는 거라면 재미있겠다."

"그러게."

고개를 끄덕인 미야지마가 싱긋 웃는 얼굴로 술병을 나에게 건넸다.

라벨에 적힌 메시지를 다시 한 번 읽어본다.

'저 녀석은 오줌싸개인 데다 진짜 동정이니 어딘가에서 다시 만나면 놀려주세요. 시트 고마웠습니다♪'

단발이 쓴 삐뚤빼뚤한 글자. 볼수록 우습다.

어딘가 멀리서 매미가 울기 시작했다.

한여름의 아침 바람이 상쾌하다.

파도 소리는 어제보다 감미로웠다.

"오늘도 덥다 더워."

내가 말하자 미야지마도 "엄청 덥지?"라고 하더니 바다 쪽을 엄지손가락으로 척 가리켰다.

들어갈래?라는 뜻이다.

나는 고개를 끄덕이고 티셔츠를 벗어던졌다. 뛰어들었을 때 벗겨지지 않도록 반바지 끈을 꽉 조이고 바다를 향해 걷는다.

"그 녀석들도 물에 한번 들어갔다가 출발하면 좋았을 텐데."

미야지마의 목소리가 뒤에서 들렸다.

"안 돼."

"어, 왜?"

"어차피 수영팬티가 하나밖에 없어서 서로 입겠다고 싸울 거야. 바다에서 나오면 또 수건 쟁탈전이 벌어질 테고. 그보다 제일 큰 문제는……."

"장발 머리가 미역이 되면 큰일이지."

"아하하, 정답."

아리아케 바다 저편에서 피어오른 늠름한 뭉게구름이 우리를 내려다본다.

평온한 바다가 아침 해를 반사하여 너울너울 하얗게 흔들린다.

"으아~ 차가워~."

우리는 첨벙첨벙 소리 내며 물속을 걸어서 허리 깊이에 도달했을 때 "하나, 둘" 하고 머리부터 뛰어들었다.

쿨~!

온몸의 세포 하나하나에서 시원한 '여름'이 터졌다.

또 금단의 이야기를 쓰고 말았습니다.

따뜻한 소설을 쓰는 작가라면 절대 털어놓아서는 안 될 과거가 고스란히 담긴 에세이입니다(웃음).

이 책은 제가 노숙을 하며 일본 전국을 방랑하던 시절, 즉 20대 초반에 겪었던 별난 사건을 모은 방랑 에세이라고 할 수 있습니다.

원고를 쓰면서 그 당시의 사진과 일기를 서랍 속에서 끄집어내어 다시 보았습니다. 그러면서 되새긴 추억들은 애틋하고 유쾌하고 정다웠지만, 생각할수록 쓸데없이 힘이 넘쳤던 시절이었던 것 같아 내가 겪은 일인데도 자꾸 히죽히죽 웃음이 나왔습니다.

정말 바보였네, 모리사와 이 녀석 ♪

젊은 나에게 핀잔을 주면서도 왠지 미워할 수 없는 기분으로 이 책을 썼습니다.

요즘 독자 여러분께 이런 말을 자주 듣습니다.

"에세이 속의 모리사와 씨와 소설 쓰는 모리사와 씨의 이미지가 달라도 너무 달라요."

당연합니다. 이 책에 등장하는 아폴로나 미야지마도 "네가 저런 소설을 썼다니 절대 믿을 수 없어!"라며 대필 의혹을 제기하니까요(웃음).

아폴로와 미야지마는 지금도 걸어서 왕래할 수 있는 거리에 살고 있고, 여전히 친한 친구로 잘 지내고 있습니다. 은어를 서른다섯 마리나 주신 어부 할아버지도 건강하십니다. 몇 년 전에는 장어잡이에도 데리고 나가주셨지요.

저는 올해에도 여름 휴가철이 되면 한두 번 정도 바다나 강으로 나가 실컷 놀 생각입니다.

물론 얼음처럼 차가운 맥주를 벌컥벌컥 마시면서!

마지막으로 이 책을 재미있게 읽어주신 여러분께 진심으로 감사를 드리며.

건배♪

2014년 6월
모리사와 아키오

붉은노을 맥주

1판 1쇄 인쇄 2015년 7월 6일
1판 1쇄 발행 2015년 7월 13일

지은이 모리사와 아키오
옮긴이 이수미
펴낸이 김성구

책임편집 김민기
단행본부 박혜란 박유진 이미현 이은정 나성우 김동규
디자인 여종욱 문인순
제 작 신태섭
책임마케팅 손기주
마케팅 최윤호 송영호 유지혜
관 리 김현영

펴낸곳 (주)샘터사
등 록 2001년 10월 15일 제1-2923호
주 소 서울시 종로구 대학로 116 (110-809)
전 화 02-763-8965(단행본팀) 02-763-8966(영업마케팅부)
팩 스 02-3672-1873 **이메일** book@isamtoh.com **홈페이지** www.isamtoh.com

한국어 판권 © (주)샘터사, 2015, Printed in Korea.

ISBN 978-89-464-2002-1 03830

이 도서의 국립중앙도서관 출판시도서목록(CIP)은 e-CIP 홈페이지
(http://www.nl.go.kr/cip.php)에서 이용하실 수 있습니다. (CIP제어번호: CIP2015017229)

값은 뒤표지에 있습니다.
잘못 만들어진 책은 구입처에서 교환해 드립니다.